NOUVELLE COLLECTION NATIONALE

Autant de lecture que dans un volume à 9 francs pour

95 cent.

l'ouvrage complet illustré

GASTON DERYS

L'OMBRE JALOUSE

F. ROUFF, éditeur, 8, boulevard de Vaugirard, PARIS

L'OMBRE JALOUSE

CHAPITRE PREMIER

LE PETIT BLEU

La voiture de deuil s'arrêta devant un confortable immeuble de cette anachronique rue de Passy, où de fastueuses maisons modernes étalent leurs airs de parvenues à côté de petites bicoques à un ou deux étages, couvertes de tuiles verdies, égayées de lucarnes à la capucine, et qui datent du temps où André Chénier se faisait appréhender par les sans-culottes de la Muette.

Un gros cocher, qui arborait cette face enluminée qui donne un air de bons vivants aux automédons des Pompes Funèbres, alors que les conducteurs des voitures de noce font généralement paraître des visages maigres et compassés, sauta sur le trottoir et vint ouvrir la portière.

Deux messieurs vêtus de redingotes et de chapeaux de soie sortirent de la berline et offrirent la main à une dame enveloppée de voiles de crêpe.

Jeanne Vergelle glissa vers la porte de sa maison un regard craintif. Les lourdes tentures bordées de lames d'argent avaient été enlevées. Elle en éprouva une sorte de soulagement. Le vestibule était redevenu pareil à lui-même, semblable à tous les vestibules des maisons cossues, avec des glaces, des plantes vertes, des murailles claires.

Rien ne rappelait que la mort y fût passée.

Le concierge vint aider Jeanne et ses compagnons à monter dans l'ascenseur. Habituellement, il ne se dérangeait pas. Mais il pensait que le jour où l'une de ses locataires venait de conduire son époux à sa dernière demeure, il seyait de montrer un empressement qui marquât une respectueuse compassion.

Il avait revêtu son uniforme des dimanches, à boutons argentés, et sorti toutes ses décorations. Il s'était composé un maintien solennel et gourmé de domestique de la Comédie-Française.

Il aurait voulu prononcer des paroles dignes de la gravité des circonstances. Il dit, d'une voix onctueuse et hésitante :

— Alors, tout s'est bien passé ?... Un moment, j'ai eu peur qu'il ne pleuve...

Jeanne ne répondit que par un soupir. L'ascenseur s'enlevait brusquement et s'arrêta dans un bruit de ferraille.

Maria, la femme de chambre, qui guettait le retour de sa maîtresse, ouvrit la porte à l'instant même où grelotta la sonnette électrique. C'était une domestique prolixe et familière, qui servait Mme Vergelle depuis dix ans et l'avait connue jeune fille.

Maria l'entraîna dans sa chambre et l'étourdit de questions.

— Je vous demande pardon une minute, dit Mme Vergelle à ses compagnons qui entrèrent au salon pour l'attendre.

Les deux hommes formaient un contraste accentué.

Léon Ladvocat était grand et brun, avec une forte moustache noire, un air avantageux, une carrure solide, le verbe haut.

Jacques Miroulier était mince et blond ; sa voix était douce comme celle d'une femme ; il y avait, dans son sourire, dans son regard, un mélange singulier de persiflage et de timidité. Mais, sous un tour d'esprit narquois et une politesse raffinée, il cachait avec pudeur un cœur lourd de tendresse et riche d'effusions.

Ils étaient l'un et l'autre habillés par d'excellents tailleurs, cravatés par un chemisier de dandies, chaussés par des bottiers en renom. Cependant, avec de grandes prétentions à l'élégance et au bel esprit, Léon Ladvocat restait quelconque, n'approchait pas de la grâce aristocratique, tout à la fois distante et câline, de Jacques Miroulier.

— Enfin, dit Léon Ladvocat, voilà une fameuse corvée de faite...

— Corvée !... Vous êtes sévère...

— Tout ce que vous voudrez, c'est une corvée... Certes, Vergelle était mon meilleur ami... J'ai été heureux de lui rendre les derniers devoirs... Mais nous n'avons pas eu une minute depuis deux jours... Il n'y a pas de famille, ou de vagues cousins... C'est nous qui la remplaçions pour tout, moi, parce que j'étais l'associé de Vergelle, vous, parce que vous êtes l'ami de la maison...

— Nous le sommes tous deux, l'ami de la maison...

— Evidemment, mais vous, ce n'est pas la même chose... Vous aviez un pied ici que je n'avais pas... Vous êtes l'ami de Mme Vergelle...

— En effet, Mme Vergelle m'honore de sa confiance... Et j'en suis très fier...

— Vous avez raison, cher monsieur... C'est une femme charmante, très supérieure à la moyenne des femmes... Elle est bien abattue... Perdre son mari en cinq jours !... Un homme aussi actif, aussi solide !... Tout de même, nous sommes bien peu de chose... Notre affaire marchait merveilleusement bien... Vergelle et moi, nous étions comme les cinq doigts de la main... Et puis, crac !... Un petit rhume... Ça traînaille... Il y a huit jours aujourd'hui, à cette heure-ci, il me disait : « Je ne sais pas ce que j'ai, ça ne va pas... Je vais prendre un bain de vapeur... » Je t'en fiche !... Le lendemain, il était au lit : grippe infectieuse, et cœtera... Vous connaissez l'histoire aussi bien que moi... Enfin, quand on se le répéterait du matin au soir, ça n'y changerait rien...

Jeanne Vergelle entrait.

Délivrée des voiles funèbres, sa jeunesse, malgré la lassitude de la démarche et la cruauté de l'heure,

F. Rouff, éditeur. — 1926.

rayonnait comme l'espoir et chantait comme la lumière. Les boucles de sa chevelure la couronnaient de courtes flammes blondissantes et ses grands yeux semblaient aspirer toute la clarté, comme des lacs d'azur.

— Mes amis, dit-elle, mon cœur vous remercie de tout le dévouement dont vous m'entourez depuis plusieurs jours... Sans vous, j'aurais été seule et perdue... Je n'oublierai jamais ce que vous avez fait, si simplement, si spontanément...

— Ne nous remerciez pas, je vous en prie, dit Jacques, c'est si naturel et si bon, d'aimer ses amis, surtout quand ils ont de la peine... Votre gratitude serait presque une offense...

— Madame, ajouta Ladvocat, j'étais le compagnon de votre mari... Nous avons bataillé ensemble... Il n'est plus là... Comptez sur moi... Je continuerai à soutenir haut et ferme les intérêts de la maison Vergelle et Ladvocat et je travaillerai pour deux... Je vous prierai de bien vouloir me recevoir ces jours-ci, quand le choc de votre douleur se sera un peu amorti... J'aurais à vous parler de nos affaires...

— Je serai toujours enchantée de vous recevoir... Donnez-moi un coup de téléphone...

Quand Jeanne eut reconduit Léon Ladvocat, Jacques s'écria :

— Ce Ladvocat possède le génie des condoléances... « Vous venez d'accompagner le corps de votre mari au cimetière, madame : mais, consolez-vous la maison Vergelle et Ladvocat fera tout de même des affaires... » Ma pauvre amie !...

— C'est un hommes de chiffres, vous êtes un artiste : vous ne parlez pas la même langue... Mon ami, mon cher ami... Comme vous avez été bon, comme vous m'avez assistée, protégée...

— Jeanne, je vous en prie, ne parlons pas de ça... J'ai fait très humblement mon devoir...

Jeanne lui tendit les mains. Il les effleura de ses lèvres.

— Vous dînez avec moi, n'est-ce pas Jacques ?... Vous ne me laisserez pas seule... Il me semble que je vais avoir peur... Je vais faire coucher Maria dans l'appartement...

— Vous avez raison... Ça vaudra mieux... Mais surtout il faudra déménager le plus tôt possible, changer d'air, d'ambiance...

— Oh ! oui... J'ai été si malheureuse, ici !... J'y ai tant pleuré !... Vous me chercherez un appartement...

On frappa discrètement à la porte du salon.

C'était Maria. Elle tendait un plateau.

— Madame, c'est un pneu qui vient d'arriver...

— Bien, merci, Maria... M. Miroulier reste à dîner...

— Ah ! bien ! Madame... Monsieur a bien raison... Madame serait trop en peine, toute seule, un jour comme aujourd'hui...

La domestique sortie, Jeanne jeta un coup d'œil sur la suscription :

— C'est curieux, cette écriture... Elle ressemble étonnamment à celle de mon mari...

Elle déchira les bords pointillés du pneumatique, le parcourut, et brusquement l'angoisse laboura ses traits, la terreur dilata ses yeux, un cri rauque sortit de sa gorge...

— Jacques, Jacques ! dit-elle, haletante, c'est lui, lui... qui m'écrit... J'étouffe...

Soudain, elle tourna sur elle-même et son corps se pencha comme un épi fauché.

Jacques Miroulier la reçut dans ses bras, tandis que sur le tapis glissait le pneumatique, jeté au bureau central du vingtième arrondissement, rue des Pyrénées, à côté du Père-Lachaise...

Jeanne venait d'y lire ces quelques lignes :

« *Tu me crois mort. Je suis enfermé dans mon cercueil, au fond du caveau. Mais les morts vivent. Ils voient, surveillent et jugent les vivants. Je me suis toujours douté de ta trahison; je n'ignore plus rien maintenant de ce que tu as fait. Rien ne m'échappera de ce que tu feras. Je sais que Miroulier est ton amant et je t'avertis que je ne veux pas que tu continues à être sa maîtresse. Partout où vous serez, je me dresserai entre vous.*

Louis Vergelle.

II

LE VIOLON BRISÉ

Jeanne Vergelle passa une nuit d'épouvante et de cauchemars. Jacques Miroulier l'avait quittée à onze heures, après s'être efforcé de la persuader qu'elle était victime d'une plaisanterie macabre.

Certes, il ne niait pas la possibilité de certains phénomènes d'outre-tombe qui semblent échapper aux lois naturelles et demeurent inexplicables pour qui n'admet point que le moi conscient subsiste après la mort.

Jacques, qui professait pour les croyances d'autrui la tolérance la plus respectueuse, estimait que les personnes qui ajoutent foi à la télépathie, aux prescience, aux avertissements des rêves, sont en général de cerveau sain et placide.

Mais il se refusait à envisager qu'un être impondérable pût manifester son influence en dehors du domaine psychique et qu'il employât, pour publier sa pensée, un moyen aussi matériel, aussi grossier, que ce petit bleu inséré dans la boîte postale. Qu'il dictât un texte par le truchement d'un medium tenant la plume, parfait ; mais que cette plume courût toute seule après s'être procuré un pneumatique, cette hypothèse le laissait violemment incrédule.

C'était bien une main humaine qui avait rédigé ce billet d'un romantisme de fort mauvais goût. Chercher trace de surnaturel dans cette aventure, c'était pure aberration.

Tous ces arguments, exposés avec une persuasive chaleur, n'avaient point convaincu Jeanne.

Pour rassurer Jacques, elle lui avait déclaré qu'elle s'était fait une raison, qu'elle n'aurait pas peur, qu'elle dormirait paisiblement. L'auteur de la sinistre farce ne pouvait être que Léonie, une cuisinière qu'elle n'avait gardée que pendant deux mois, qui la volait outrageusement, qui ouvrait ses lettres, et qui l'avait abreuvée, au moment de son départ, de sous-entendus blessants et de menaces hypocrites.

Cependant, Jeanne avait fait coucher Maria dans le petit salon qui donnait à côté de sa chambre, en lui recommandant bien de laisser la porte ouverte.

Etendue sur son lit, les yeux fixés sur la rose bleue qui encapuchonnait la petite lampe électrique de la table de nuit, qu'elle laissait allumée parce qu'elle redoutait que l'obscurité ne se peuplât de fantômes, elle repassa toute la funèbre journée, l'invasion de l'appartement par les croque-morts mal rasés, aux visages fermés, aux souliers épais, aux haleines vigoureuses, l'ordonnateur cérémonieux, moustaches frisées et gestes arrondis, puis une trombe de robes, de cris, de mouvements, une averse de questions, de pleurs, de conseils, d'embrassades : la cousine Mutalion et ses quatre filles, Noémie, Blanche, Françoise, Rosine, gamines sautillantes, curieuses, loquaces et toujours affamées, qui s'étaient munies de bâtons de chocolat pour tromper leur boulimie.

Et c'avait été le fastidieux défilé d'un peuple d'inconnus compassés, clients ou amis de son mari, qui s'étaient inclinés, après l'interminable messe et la déchirante splendeur du *Dies irae*, devant ses longs voiles pathétiques.

Des petits détails, dans tout ce flot confus d'impressions, surnageaient à fleur de mémoire, comme une feuille au fil de l'eau. C'était le gros nez bulbeux du suisse et le choc solennel de sa canne sur les dalles. C'était l'enrouement d'une marchande de quatre-saisons qui piaillait : « Ma belle limande ! Ma belle limande ! » sur le passage du cortège. C'était, tout poissé de chocolat, le baiser des petites Mutation, au cimetière. C'étaient les saluts empruntés, les condoléances balbutiées, au coin d'une allée ensoleillée, de ceux des assistants qui ne s'étaient point sournoisement égaillés le long du chemin.

Et les regards des hommes, qui n'osaient point se poser sur elle, dans l'austère pénombre du temple, s'attardaient, enchaînés et surpris, sur cette grâce douloureuse et douce, sur ce front où l'or vainqueur des cheveux ajustait une juvénile couronne. La lumière hardie d'un beau jour de juin jetait sur les voiles ombreux un reflet de soie légère, où tremblaient des frissons d'argent.

Elle s'était assoupie au bercement des ressorts, recrue de fatigue, dans la berline qui la ramenait chez elle, entre Jacques Miroulier et Léon Ladvocat. Les coups de timbre saccadés d'un wattman de « Passy-Hôtel-de-Ville » l'avaient réveillée brusquement rue Franklin.

Et elle avait entendu Ladvocat qui disait à Jacques Miroulier :

— C'est une grosse perte... Vergelle était un homme d'affaires de premier ordre... Moi, je voyageais... Lui, restait à Paris... Quand je m'absentais, j'étais tranquille... Tandis que maintenant !... Pour faire marcher cette affaire-là, il faut être deux... Je tâcherai d'y arriver seul... La besogne ne me fait pas peur... C'est une grosse perte, une très grosse perte... Mourir comme ça, en cinq jours, quand tout vous sourit, quand on gagne de l'argent... C'est idiot, c'est crétin !...

Jeanne rêvait qu'elle se promenait pieds nus dans un jardin dont les allées étaient semées de cailloux frais et satinés comme des amandes. Des paons diaprés traînaient leur dédain sur de marmoréennes terrasses. Un jeune homme venait à elle. Il était vêtu comme les seigneurs des décamérons. Il était mince et blond comme Jacques Miroulier. Il avait ses yeux clairs et ce sourire affable et fier. Mais pourquoi tenait-il dans ses mains un violon brisé ?

Elle retomba lourdement dans la réalité, en entr'ouvrant les yeux sous le crêpe. Mais pour faire croire qu'elle dormait encore, elle demeura coite et paupières baissées. Les paroles de Ladvocat la blessaient. Sa voix impétueuse et vulgaire l'offensait. Quoi, pas un regret pour l'ami, pas une pensée affectueuse ?

Et, cependant, elle n'aimait pas, elle ne pouvait pas aimer l'homme qu'elle venait de conduire au tertre du repos.

Elle avait été jetée dans ses bras à dix-huit ans, par une brave femme de mère bien portante et active, qui était morte sans penser que l'amour existât ailleurs que dans les romans et dans certaines âmes malades et déréglées.

Mme Drissoit, veuve à 30 ans, avait dès lors dirigé, avec une vaillance méritoire, une fabrique et un magasin de meubles qui occupaient une centaine d'ouvriers et d'employés. Mais elle constatait avec désappointement que son unique enfant montrait peu d'aptitudes et de goût pour le commerce. Un secret sentiment de fierté, cependant se mêlait à son amertume. Comme certains pères ne peuvent se défendre d'une indulgence extrême pour un fils prodigue, jusqu'à donner une approbation tacite aux frasques élégantes où il gaspille le fruit d'une vie laborieuse, Mme Drissoit, tout au fond d'elle-même, admirait que Jeanne se révélât une sensibilité différente et presque d'une autre race.

Une fille passionnée de musique, d'une culture beaucoup plus étendue que celle des adolescentes qu'elle connaissait, qui avait tout lu, qui savait tout, curieuse même de peinture et capable de laver adroitement une aquarelle, une fille dont ses amies vantaient à l'envi la grâce et l'esprit, c'était un luxe dont Mme Drissoit tirait un candide orgueil.

Aussi se promettait-elle de ne pas la marier avec un marchand de meubles. Mme Drissoit croyait naïvement que l'homme capable de rendre Jeanne heureuse ne pouvait se rencontrer parmi des fabricants de buffets.

Que la fille de cette prosaïque Mme Drissoit, dont la vie était nette et sans fioritures comme une comptabilité bien tenue, offrit une âme très délicate et très affinée, c'était cependant la preuve qu'un esprit fin et ouvert ne reste point l'apanage d'une profession ni d'une caste.

Et Mme Drissoit avait cru réaliser un coup de maître en donnant Jeanne à un homme qui se parait du titre d'avocat et qui tenait un cabinet d'affaires, c'est-à-dire qui exerçait à ses yeux une profession relevée, en harmonie avec les goûts artistiques de sa fille.

La différence d'âge ? Aucune importance ! Au contraire, Mme Drissoit jugeait excellent que M. Vergelle comptât quatre lustres de plus que sa fille. Sa maturité tempérerait les élans étourdis d'une adolescente chimérique. On pourrait faire crédit à sa sagesse, à son expérience.

M. Vergelle séduisait la bonne Mme Drissoit par sa faconde de beau parleur, la coupe impeccable de ses jaquettes, la banale dignité d'une barbe rectiligne, d'une calvitie miroitante, d'un embonpoint serré dans des gilets gris, sur lesquels pendait un monocle ourlé d'écaille.

Mais M. Vergelle, après avoir employé une bonne part de la dot de sa femme à solder quelques fournisseurs qui attendaient comme le Messie le beau mariage qu'il leur promettait depuis une dizaine d'années, reprit presque aussitôt le cours de ses vieilles habitudes.

Familier des cabarets nocturnes, des tripots, des coulisses de music-hall, il appréciait les femmes que l'audace des plaisanteries et des gestes n'effarouche point, il s'épanouissait dans la débauche clinquante — extra dry, smoking et jazz.

La réserve, les pudeurs, les illusions de Jeanne le déroutèrent et l'intimidèrent. Elle lui inspira un respect mêlé de commisération.

Il ne tenta rien pour se faire aimer. Il ne s'en sentait pas le courage. Il n'osait pas.

Cet homme de quarante-cinq ans, fatigué par le plaisir, les veilles, l'alcool, restait insensible à des grâces fraîches et simples. Ce qu'il lui fallait, c'était le piment des amours vénales.

Bientôt, un mur se dressa entre les époux.

Quant à Jeanne, maintenue dans l'ignorance des réalités les plus simples par une mère qui se targuait du plus prudent esprit pratique, elle s'était laissé conduire au mariage comme elle se fût laissé conduire au bal.

Une totale déception, une amère nausée avaient marqué son initiation à la vie conjugale.

Au bout de quelques mois, elle avait été promue épouse honoraire. M. Vergelle ne franchit plus le seuil de sa chambre. Mais il lui advenait de se montrer galant et empressé, lui apportant des bijoux, lui faisant envoyer des fleurs. Il lui dédiait alors des regards lourds de tristesse et de regrets. Il goûtait sa conversation. Il la priait de lui faire de la musique. Il jugeait avec éloges les petites aquarelles qu'elle peignait pour se distraire.

Et Jeanne se demandait, si, au fond, il ne l'aimait pas.

Mais, de temps en temps, il rentrait ivre, les yeux hagards, la démarche incertaine, l'injure à la bouche. Jeanne s'enfermait dans sa chambre. Elle le détestait. Il lui infligeait une vie sombre et sans but. Un grand désir la tourmentait de répandre son cœur, de bercer, de protéger, de rendre heureux. Et elle eût aimé même cet homme qui était laid, usé, bouffi, s'il ne s'était point enivré, s'il ne l'avait point délaissée... Mais elle savait qu'il la trahissait, qu'il s'affichait avec des filles..

Chez Louise Virid, la portraitiste des comédiennes et des femmes de lettres, son professeur de peinture elle avait rencontré Jacques Miroulier. De grandes affinités les avaient tout de suite rapprochés, le sentiment d'une parenté spirituelle, corroboré par l'impression de se retrouver, de s'être déjà connus. Une harmonie naissait du contact de leurs sensibilités, comme se marient deux couleurs complémentaires, et souvent l'un achevait en paroles la muette pensée de l'autre.

Après six mois de résistance, elle s'était laissé entraîner au courant du destin, elle avait ajouté au don spontané de son cœur l'offrande de sa jeunesse. Dès lors, elle eût été heureuse si son mari, de plus en plus asservi à la grossièreté de ses instincts, n'eût point abdiqué toute dignité, captif du jeu, de l'alcool et des filles, et si elle n'eût pas vu se dresser contre son bonheur cette sourde menace : la jalousie de l'associé de Vergelle, Léon Ladvocat.

Il aimait, il désirait Jeanne Vergelle et ne s'était point gêné pour le lui laisser entendre. Il devinait en Jacques un rival heureux. L'incertitude où il était du triomphe de ce rival fomentait sa convoitise.

Il haïssait cordialement Miroulier et n'arrivait pas toujours à dissimuler sa rancœur.

Il prenait même ombrage de la situation du jeune homme qui, à trente-cinq ans, s'était acquis une réputation d'excellent aloi par ses portraits et aussi par de grands paysages décoratifs dont l'éclatante symphonie orchestrait de lumineux cartons de tapisserie.

Homme d'affaires enfiévré d'orgueil et d'ambition, Ladvocat s'indignait que Jacques Miroulier, parce qu'il étalait de la couleur sur des rectangles de toile, fût fêté par des gens qui ne l'auraient pas reçu, lui, Ladvocat.

Cette différence de traitemennt lui paraissait le comble de l'injustice. La supériorité intellectuelle de son rival, qu'il subissait même quand il la niait, l'irritait comme une offense.

Il fallait l'entendre dauber sur les artistes, qui ne méritaient en rien les honneurs qu'on leur accordait, qui étaient des paresseux, des bluffeurs, des inutiles, manquant souvent d'éducation et presque toujours dépourvus d'intelligence réelle, de raisonnement normal, des demi-fous, des excités, des baladins qui se prenaient pour des personnages!...

Ladvocat n'avait jamais cherché à aplanir les dissentiments qui régnaient entre Vergelle et sa femme.

On eût dit, au contraire, qu'il cherchait à les envenimer.

Il renseignait Jeanne sur les infidélités de son mari. Par lui, il connut que sa dot servait à offrir des diamants à Mlle X ou une fourrure à Mlle Y.

A l'entendre, c'était lui seul qui faisait marcher le cabinet d'affaires. Sans lui, la faillite fut survenue depuis longtemps, et peut-être pis, car il prétendait que Louis Vergelle n'apportait pas dans la conduite de ses opérations toute la prudence désirable, que son avidité à grossir ses bénéfices l'entraînait dans des combinaisons téméraires... Bref, si Mme Vergelle n'était pas tout ensemble ruinée et déshonorée, c'était à lui seul qu'elle le devait... Plusieurs fois, il était intervenu pour retenir son mari au bord de l'abîme...

Quel malheur qu'il n'eût pas rencontré une femme comme Mme Vergelle !... Avec quelle ardeur, quelle fierté il eût travaillé pour elle !... Tous les obstacles se fussent aplanis... Ah ! ce n'est pas lui, Ladvocat, qui se fût grisé, qui eût couru les filles !..

Il ne s'entendait pas à faire le damoiseau, il n'avait pas une voix de fille et ne prenait pas des airs penchés, mais il grondait dans son cœur une fureur de tendresse qui saurait rendre heureuse la femme qu'il choisirait... Il la défendrait, celle-là, il la serrerait dans un amour fort et loyal!... Il était de ceux qui n'aiment qu'une fois, mais qui aiment vigoureusement et sans détours...

Un jour, il avait eu l'audace de proposer à Jeanne de l'épouser :

— Vous perdez votre temps avec Vergelle !... Cet homme-là se moque odieusement de vous !... Il a encore une nouvelle maîtresse... Je me charge de vous faire divorcer en six mois... Et tous mes instants seront consacrés à vous faire oublier que vous avez été trahie...

— Je ne veux pas juger mon mari... Et qui peut affirmer qu'il ne répudiera point ses égarements ?...

— Il n'est pas possible qu'une femme comme vous, si jeune, si belle, soit fidèle à un Vergelle !... Il n'est pas possible que vous restiez sans affection !... Je trouve que M. Miroulier vient bien souvent chez vous...

— M. Miroulier est un camarade fraternel... Son amitié, son dévouement, son intelligence si sensible m'apportent le genre de consolation qui m'est permis... Je vous serais reconnaissante de ne pas vous livrer à des conjectures injurieuses sur cette camaraderie..

— Si vous voulez rester fidèle à un homme qui vous trompe avec votre argent, libre à vous !... Je n'ai rien à dire... C'est de l'héroïsme bien mal placé, mais ça ne me regarde pas... Mais si vous vous consolez avec un ami et que vous repoussiez un homme qui ne rêve que votre bonheur, qui tenterait n'importe quoi pour vous conquérir, alors, chère madame, prenez garde!...

Elle n'avait point rapporté cette conversation à Jacques. Elle craignait trop de faire naître un conflit violent entre ces deux hommes qui déjà se détestaient.

Elle avait simplement recommandé au peintre d'être prudent, en donnant comme raison qu'elle avait peur que son mari n'eût des soupçons.

Jamais plus Ladvocat ne s'était montré aussi précis, aussi catégorique. Mais il procédait par allusions insidieuses, et elle sentait braqué sur elle le péril de cette convoitise et de cette défaillance... A chaque instant, elle croyait découvrir une menace dans ses paroles... Elle tremblait pour Jacques, elle vivait dans l'appréhension continuelle d'un drame...

Mêlés à la rumination de tous ces souvenirs, des songes baroques avaient troublé le demi-sommeil de Jeanne.

Elle frissonnait au moindre bruit.

Dormir, s'enfoncer dans l'oubli...

Mais le sommeil lui-même lui faisait peur, à cause des précipices d'ombre et de terreur où il la jetait, pantelante.

Elle luttait pour demeurer éveillée.

Malgré les interprétations intéressées de Ladvocat, elle ne doutait plus maintenant que son mari l'eût aimée à sa façon. Il avait été jaloux, il avait souffert. Elle se rappelait l'âpre mélancolie de certains regards, la plaintive énigme de certaines attitudes, de certaines paroles.

Mais s'il l'aimait, pourquoi l'avait-il trompée si

bassement, pourquoi avait-il si tôt renoncé à la conquérir, pourquoi avaient-ils vécu comme deux étrangers ?

Elle avait cru que cet homme l'avait uniquement épousée pour capter une dot qui rétablissait l'équilibre de ses affaires, et voici maintenant qu'il criait sa jalousie du fond de la tombe...

Mais non, ce n'était pas lui qui parlait ! Les morts ne parlent pas. Les morts n'écrivent pas. Les morts disparaissent avec leurs secrets.

La main qui avait écrit le petit bleu était bien vivante.

A un certain moment, elle avait cru que le rideau de sa fenêtre remuait et qu'une forme humaine le gonflait.

Il s'écartait, lentement...

Elle avait crié, elle avait appelé Maria...

La femme de chambre, mal réveillée, était arrivée, maussade et comique dans le sac de sa chemise de nuit.

— Madame est souffrante?...

— Maria, vite, allez voir si la fenêtre est fermée...

— Mais oui, madame, elle est fermée...

— Je croyais que non, que le vent faisait bouger le rideau...

— Madame ne va pas croire aux revenants !

— Je suis nerveuse, Maria... Ces horribles journées m'ont tuée... Ma pauvre tête est malade... Excusez-moi de vous avoir dérangée...

— Je me dérangerai tant que madame voudra pour madame, répondit la familière Maria, mais si c'est pour des revenants, ça n'est pas la peine... Que madame ferme les yeux bien fort et s'enfonce la tête dans son oreiller : elle finira bien par s'endormir une bonne fois...

Mais Jeanne n'avait connu de vrai repos qu'au matin. Elle se sentit soudain rassurée quand le petit jour glissa ses doigts frais entre les rideaux. Les oiseaux, aux jardins prochains, jetaient des trilles, et leur voix amicale, autant que la victorieuse lumière, exorcisait les phantasmes embusqués aux replis de la nuit.

Après trois heures d'épais sommeil, elle s'était débattue dans le souvenir d'un fatras de rêves. Les traits de Jacques lui étaient encore apparus : ainsi que dans le rêve de la veille, le jeune homme tenait en ses mains un violon brisé. Quel symbôle, quel présage s'inscrivait dans cette persistante vision?

Dans l'après-midi, elle fut chez lui.

Il habitait également Passy, à quelques minutes de chez elle, dans la somnolente rue Talma, une maison drapée de chèvre-feuille.

Des iris s'échevelaient en flamme bleue et soufre au bord des allées d'un petit jardin rustique. Un pin, deux acacias, des rosiers, des seringas et le chèvrefeuille composaient une mielleuse symphonie de parfums ; le soleil de juin, d'un archet de feu, y jetait d'ardentes vibrations ; des insectes bourdonnaient, invisibles violoncelles. Une paisible volupté baignait le jardin pâmé de chaleur.

Assise en un fauteuil d'osier, sous une tonnelle épaisse, Jeanne se trouvait loin de Paris, loin de ses terreurs, loin de sa vie même. Elle goûta deux heures de confiance, de clarté, de rassérènement. Ce petit bleu tombé dans son existence comme un coup de tonnerre, perdait maintenant tout prestige. Jacques lui répéta sa conviction qu'il s'agissait d'une farce macabre, d'une imbécile vengeance de domestique, qui ne pouvait pas se renouveler. Ils en parlèrent peu ; ils s'étourdissaient à l'ivresse alanguie du bel été.

Jeanne fit ensuite quelques courses ; elle s'aperçut qu'on composait des costumes de deuil fort élégants.

Elle rentra chez elle sans appréhension.

— Madame, dit Maria, il vient d'arriver un pneu-

— Il n'y a pas plus de fantôme ni de revenant que dans le creux de ma main (p. 8).

matique. Je l'ai mis dans la salle à manger, à côté du couvert de Madame.

— Bien, Maria.

Une brusque angoisse abattit sa sérénité comme un château de cartes. Son voile enlevé, elle se rendit, le cœur serré, les mains tremblantes, dans la salle à manger.

Le pneumatique était posé sur un petit plateau de cuivre martelé, parmi des lettres.

Elle reconnut la même écriture que celle de la veille, une écriture droite et fine, sans vigueur et sans précision, avec des boucles qui tombaient mollement à la fin des mots.

Elle regarda l'enveloppe avec stupeur. Cette fois, elle ne venait pas de la rue des Pyrénées, mais de la place Chopin. Elle avait donc été mise dans le quartier même.

Jeanne se décida à l'ouvrir et lut :

« Je t'ai dit hier que je te suivrais comme ton ombre. Pourquoi as-tu été voir ton amant, cet après-midi ? Je ne veux pas que tu ailles chez cet homme. Je te préviens qu'il lui arrivera malheur si tu continues à te rendre chez lui, nonobstant ma défense. Il m'a fait assez souffrir pendant ma vie. Mais je n'avais pas de preuves contre vous ; je n'avais que mes faibles yeux humains pour vous épier. Aujourd'hui, mes regards vous accompagnent partout, pour eux, les murailles sont transparentes, et je vois même à travers cette muraille d'airain qu'est le front des hommes, je lis le mensonge de leurs pensées, je confonds leur abominable hypocrisie.

« J'ai connu, durant ma vie terrestre, la torture de la jalousie. Je ne veux plus connaître ce supplice aujourd'hui. Et je dispose de moyens assez efficaces pour mettre fin à ton adultère. Mais rassure-toi : ce n'est pas sur toi que ma vengeance s'exercera, c'est sur Jacques Miroulier.

« Rappelle-toi, il y a deux ans, ce soir où tu as mis pour la première fois cette robe de crêpe de Chine rose où tu étais si belle et si radieusement jeune. Nous donnions un dîner. Il était là, lui, naturellement. Quand tout le monde fut parti, je t'ai dit que je sortais. Et tu m'as demandé : « A cette heure-ci ? » Je t'ai répondu que j'avais un rendez-vous avec un client, que certaines affaires se traitaient à souper. Et j'ai ajouté : « Si c'était pour moi, pour moi seul, que tu te fasses si belle je resterais... » Tu n'as rien répondu. Tu as souri, un peu triste, un peu étonnée. Tu as cru que ce n'était qu'un banal compliment.

« Il y avait une montagne entre nous, une montagne d'incompatibilité et d'erreurs.

« Et je suis parti désespéré. Et je crois bien que je me suis abominablement grisé.

« Rappelle-toi encore que tu avais des œillets à ton corsage. Je t'ai vu en donner un à Jacques Miroulier. C'était dans le petit salon. J'étais caché derrière la draperie vert-nil... Je t'ai vue... Je t'ai vue...

« Alors, tu comprends, je ne veux plus souffrir.

« J'exige que tu me sois fidèle, rigoureusement fidèle, et je te défends de retourner rue Talma.

« Louis. »

La robe rose, le bouquet d'œillets, le dîner, tous ces détails étaient vrais. Et M. Vergelle avait prononcé cette phrase, qui l'avait laissée rêveuse et perplexe : « Si c'était pour moi, pour moi seul, que tu te fasses belle, je resterais... » Et elle voyait Jacques, mince et gracieux dans son frac, baiser pieusement l'œillet qu'elle avait détaché de son corsage...

Et l'image deux fois apparue en rêve la hanta : Jacques tenant entre ses mains un violon brisé.

III

LA VOIX D'OUTRE-TOMBE

Le lendemain matin, avant 9 heures, Jeanne sonnait chez son amie Louise Virid, la pastelliste, qui demeurait au fond d'Auteuil, rue Boileau, dans un petit hôtel ombragé de tilleuls et pourvu d'un vaste atelier où elle avait installé son cours de dessin et de peinture pour femmes du monde.

— Mais madame repose encore ! s'exclama la femme de chambre interdite.

— N'importe, réveillez-la... Dites-lui que c'est Mme Vergelle, que j'ai besoin de lui parler immédiatement, que c'est extrêmement urgent... Vite, vite, Annette...

Elle laissa Jeanne debout dans l'antichambre et courut prévenir sa maîtresse. Elle frappa. Point de réponse. Elle ouvrit doucement la porte. Louise Virid dormait, la face cachée dans son bras replié. Un large flots de soie ondoyante, moirée de reflets prune, s'étalait sur le drap et coulait en cascade jusqu'au tapis.

— Madame... Madame !...

Louise Virid tourna vers Annette son visage mince et altier, dont la délicatesse ardente s'affinait encore sous le fardeau magnifique d'une chevelure qui était aussi célèbre que son talent.

— Mais que voulez-vous, Annette ? Vous êtes folle...

— Madame, c'est Mme Vergelle qui demande à vous voir tout de suite, tout de suite... Elle paraît bouleversée...

— C'est bien... Faites-la monter...

Jeanne gravit l'escalier en s'appuyant à la grosse rampe de chêne, entre des murs tendus de peluche chaudron et décorés d'armes, de faïences et de dessins, ainsi que d'un grand bas-relief de plâtre, patiné terre cuite, où s'allongeait, souple et vivante comme l'onde, une naïade de Jean Goujon.

Louise Virid avait déjà passé un kimono.

Une chaleur paisible émanait de son regard. Il se pencha sur les yeux de Jeanne comme sur un livre, avec une douce anxiété.

— Excusez-moi, mon amie, de n'avoir même pas assisté à la messe, avant-hier... Hélas ! c'était l'heure de mon cours...

— Vous m'avez écrit la lettre la plus tendre, la plus affectueuse... Et je viens à vous parce que vous êtes ma seule amie véritable, parce que vous possédez le secret de ma vie... C'est dans votre atelier que j'ai rencontré M. Miroulier... Notre amour a grandi à l'ombre de votre amitié... Vous en avez reçu la confidence... Vous nous avez enveloppés d'une sereine indulgence... Vous êtes un peu l'ouvrière de notre bonheur... Avant de céder à Jacques, j'ai sollicité l'appui de vos conseils... Il me semblait que je serais en règle avec ma conscience si votre cœur ne me désapprouvait pas.

— Mais que se passe-t-il ? Vos mains sont glacées vos yeux frémissent... Vous m'effrayez...

— Notre bonheur est flétri... Une affreuse menace plane autour de nous...

— Mais qui peut vous menacer, maintenant?

— Mon mari...

— Votre mari ?... Que voulez-vous dire ?

— Oui, mon mari qui nous épie, qui nous poursuit, qui nous harcèle... Tenez, lisez ces deux lettres, l'une que j'ai reçue au retour de... enfin, en rentrant chez moi, avant-hier, et l'autre qui me parvint hier...

Et elle sortit les pneumatiques de son réticule. Elle n'avait pas osé dire : au retour de l'enterrement. Elle jugeait que cette expression s'avérait singulièrement impropre, quand M. Vergelle manifestait une si troublante activité.

— Ma chère Jeanne, déclara Louise Virid, avec une calme et persuasive autorité, après avoir lu, le doute n'est pas possible : il s'agit d'une vengeance exercée par un être vivant, en chair et en os.

— C'est ce que pensait hier M. Miroulier. Mais il ne connaît pas le second pneumatique. Nous avions même porté nos soupçons sur une domestique qui est partie de chez moi en me laissant entendre qu'elle avait surpris mon secret et en me menaçant de me trahir.

— Il y a longtemps de cela?

— Quinze ou seize mois.

— Depuis, pas de nouvelles de cette fille ?

— Aucune.

— Si cette fille avait voulu vous faire réellement du mal, elle aurait écrit à votre mari. Elle a fait d'autres places et ne pense plus à vous ! Et ce n'est pas une domestique qui a écrit ces deux billets. Il faudrait supposer qu'elle eût pu se procurer la complicité d'un habile secrétaire, qui employât une bonne partie de ses instants à vous espionner. Cette hypothèse est absurde!.. La personne qui vous envoie ces billets est votre pure ennemie, une ennemie féroce, acharnée, qui ordonne sa vengeance avec le machiavélisme le plus raffiné.. Seule, une femme, et une femme jalouse, est capable d'une fourberie aussi cruelle, aussi artistement agencée...

— Une femme jalouse ? Mais jamais aucune femme n'a eu à être jalouse de moi. Vous savez que mon mari et moi vivions en bons camarades. Sa vie sentimentale avait déserté notre foyer. Il s'accordait la plus grande liberté. Il ne déjeunait presque jamais à la maison, il y dînait une fois sur deux, il rentrait souvent à cinq heures du matin. Une dernière pudeur l'empêchait de découcher, mais il s'absentait parfois pendant quelques jours sous le prétexte d'un voyage d'affaires, de parties de chasse ou de pêche. Il emportait alors une petite valise. Un jour où il devait être à Chartres, je l'ai rencontré avenue du Bois, en automobile, à côté d'une femme aux cheveux jaunes et aux joues de dragée. Je suis persuadée qu'il m'a vue et je n'ai jamais risqué la moindre allusion à cet incident. Quelle femme aurait donc pu être jalouse de moi ?

— Mais, ma pauvre chérie, la jalousie est une passion qui procède par l'absurde. Les femmes les plus jalouses sont précisément celles à qui l'on accorde le moins de raisons de l'être. Votre résignation même pouvait exaspérer la jalousie d'une âme vulgaire, parce qu'elle demeurait un signe de supériorité, parce qu'elle marquait un calme et haut dédain. Croyez-moi, ce sont presque toujours les intruses qui sont atteintes de cette espèce de phobie où la vanité, l'intérêt et l'amour se mêlent à doses variables au sentiment d'un droit de propriété exclusif sur autrui.

— Je ne peux pas accepter cette pensée que moi qui fus si résignée, si effacée, si accommodante, j'aie pu éveiller cette haine imbécile et injuste... Cela choque la raison...

— Encore une fois, ma chère Jeanne, la jalousie et la raison n'ont rien à voir ensemble ! Cette femme vous a détestée parce que vous portiez le nom de l'homme qu'elle aurait voulu accaparer... Aux yeux du monde, vous restiez Mme Vergelle ; vous étiez l'épouse, l'ennemie, l'obstacle, vous occupiez la place qu'elle convoitait. Cette femme-là a voulu se faire épouser. Elle vous a fait espionner, elle a su que vous aviez élu une affection qui vous consolait de l'abandon qu'on vous imposait. Elle a crié triomphalement : « Elle te trompe et tu ne divorces pas ! » Elle croyait apporter un argument irrésistible. M. Vergelle, qui puisait à votre endroit, dans le sentiment de son indignité même, une sorte de respect tissu de remords, qui souffrait, j'en suis sûre, de ne pas avoir su se faire aimer, a déçu un espoir perfidement mûri. Mais il s'est laissé aller à des confidences, et voilà pourquoi la seconde lettre offre un caractère si intime et si particulier, soulève le voile qui vous cachait sa pensée. Il est clair que cette femme ne peut pas vous pardonner de ne pas avoir réussi à se faire épouser. Quand elle se dit qu'elle a découvert que vous aviez un amant et que cela n'a point servi sa cause, elle est furieuse, elle crie à l'iniquité, et voilà pourquoi elle se venge. Elle a des lettres de votre mari : elle imite son écriture. Dans sa solitude et sa douleur ulcérées de veuve irrégulière, elle vous hait. Elle vous rend responsable de son malheur. Elle se persuade que ses soins auraient su conserver M. Vergelle à la vie. Votre deuil est environné de respect. Le sien s'exaspère dans une ombre hostile. Et la gêne est peut-être entrée chez chez elle. Que de motifs d'aversion !

— Alors, maintenant, c'est moi qui aurais tort ?

— Parfaitement, à son stupide point de vue de femme jalouse, vous avez tort !

— Mais à quoi cela peut-il lui servir, de me faire du mal ?

— Le goût de la vengeance est en elle comme la faim au ventre des malheureux...

— Et si ce n'était pas une femme ?

— C'est une vengeance de femme. Un homme n'inventerait pas de tels expédients.

— Un homme blessé dans son amour déçu, irrité, un homme que j'eusse repoussé et qui me garderait sournoisement et furieusement rancune d'en avoir accueilli un autre... Vous savez que l'associé de mon mari, M. Ladvocat, m'a fait beaucoup la cour...

— Il vous a même proposé de divorcer...

— Il a été jusqu'à me menacer... « Si vous n'aimez personne, si vous êtes fidèle, m'a-t-il déclaré, je m'inclinerai ; mais si vous aimez quelqu'un... »

— Ma chère Jeanne, si je n'avais lu que la première lettre, je vous dirais : « C'est lui ! » Mais j'ai lu la seconde. Il faudrait admettre que votre mari eût ouvert son cœur à ce M. Ladvocat, lui en eût dévoilé les plus secrètes blessures... Je n'ai vu M. Ladvocat que deux fois, chez vous, à dîner... Il ne m'a pas produit très bonne impression, avec sa face de condottiere, cette brutalité qu'on sent en puissance sous le masque mondain, cet air d'audace et d'orgueil. Ce n'est pas un homme de ce genre que l'on choisit pour confident de ses peines d'amour. On prend un doux, un sensible. Quittez cette pensée : cet homme-là n'est pas l'auteur de cette correspondance macabre. Et de quoi se vengerait-il ? De vos dédains ? Mais il y a deux ans qu'il se serait vengé...

— Oui, vous avez raison... C'est une femme qui me persécute, ce ne peut être qu'une femme... Mais cette existence est abominable et ne peut se prolonger...

— Rien ne sera plus facile que de découvrir votre tortionnaire. Je vous conduirai demain chez M. Marcilly. Je ne vous ai jamais parlé de M. Marcilly ? C'est un policier. J'ajouterai : c'est un de mes amis. Un garçon très curieux, d'une excellente famille, qui est policier comme on est poète, par vocation. C'est le principal commanditaire de l'agence Lynx...

— Qui couvre les murs de Paris d'affiches et la dernière page des journaux de réclames...

— C'est cela. J'ai pu apprécier la dextérité et la sagacité de ce policier. Il m'a même rendu un fier service. Vous savez que j'ai failli commettre la sottise de me remarier, il y a deux ans. Une de mes amies l'a chargé, à mon insu, d'étudier l'homme qui m'apparaissait comme le parangon de tous les mérites. Il eut vite fait de le dépouiller de son masque. Cela ne serait rien, mais il eut l'habileté, en m'exposant l'indignité d'un homme que j'adorais, de ne point se rendre odieux et de se faire écouter. Fiez-vous à M. Marcilly. Avant huit jours, vous connaîtrez votre persécutrice et vous jouirez de sa confusion. Et, maintenant, ma chère amie, rentrez chez vous tranquillement et ne vous laissez pas émouvoir par ces épîtres d'outre-tombe. Soyez persuadée qu'il n'y a là rien de surnaturel et que ce soi-disant mystère sera bientôt éclairci.

Jeanne quitta Louise Virid toute rassérénée. Elle trouva une lettre de Ladvocat qui la priait de le recevoir un jour prochain et une lettre de son notaire qui lui donnait rendez-vous.

Elle courut chez Jacques Miroulier aussitôt après le repas. Elle lui montra le pneumatique de la veille et lui rapporta la conversation qu'elle avait eue avec Louise Virid, dont il approuva les déductions. La menace qui avait plané sur leur amour s'évanouissait. Il ne s'agissait que d'une banale vengeance d'une femme jalouse.

Jeanne dîna chez Jacques ; la table fut dressée dans le petit jardin ; la nuit caressante et parfumée, poudrée d'étoiles, fardée de lune, invitait à la joie et à la confiance. Elle encadrait le bonheur retrouvé d'un décor chimérique et merveilleux.

Vers dix heures du soir, Jacques reconduisit son amie à sa porte.

Maria accueillit sa maîtresse d'un flot de paroles volubiles :

— Un monsieur a demandé Madame au téléphone à sept heures... Je lui ai dit que Madame m'avait téléphoné qu'elle ne rentrerait pas dîner... Il m'a dit qu'il retéléphonerait... Il n'a pas voulu dire son nom, ni ce quil voulait...

Justement, la sonnerie tintait. Jeanne, inquiète, alla décrocher le récepteur. Et elle entendit :

— C'est moi qui te téléphone, moi, Louis Vergelle, ton mari... Tu as encore vu Jacques Miroulier aujourd'hui... Tu l'as vu malgré ma défense... Prends garde à toi, prends garde à lui...

Et cette voix, une voix fatiguée, lente, éraillée, cette voix qui coulait en elle une terreur affreuse, qui glaçait son sang et la faisait claquer des dents, cette voix était celle de son mari...

IV

L'AGENCE LYNX

Le salon d'attente de L'Agence Lynx — recherches, enquêtes, divorces, surveillances, etc. — étalait une somptueuse banalité.

Larges fauteuils dorés, canapés d'Aubusson, rideaux de lampas, vaste cheminée supportant une pendule monumentale flanquée de deux hautes potiches chinoises, tableaux aux cadres imposants, grand lustre de cristal, c'était le salon du parvenu, dont chaque pièce, par ses dimensions immodestes et sa couleur clinquante, cherche à forcer l'attention et semble dire : « Je suis là, je coûte cher, admirez-moi. »

Quand Louise Virid et Jeanne Vergelle y pénétrèrent, plusieurs personnes attendaient : quatre dames pensives sous leur voilette, un gros monsieur qui tapotait le tapis du pied, soufflait et s'épongeait, et une jeune femme de mise tapageuse, qui, en croisant ses jambes, découvrait des mollets hauts et nerveux, déparés par une cheville lourde.

Louise Virid et son amie s'assirent à l'écart.

— Nous passerons tout de suite, dit-elle. Ces personnes ont certainement demandé à voir le directeur de l'agence. Elles comparaîtront devant un personnage à favoris, attentif et froid, d'une correction et d'une impassibilité de diplomate. Jacques Marcilly ne reçoit point le public. Il dirige l'agence dans l'ombre et ne s'occupe personnellement que des affaires qui l'amusent. Je ne crois pas que ces gens-là offrent des cas qui puissent jamais l'intéresser : voici le gros monsieur trompé, qui étouffe de jalousie et d'impatience ; voici, voilées malgré la chaleur, fiévreuses et intimidées, des bourgeoises qui veulent faire surveiller un mari ou un amant volage ; voici la petite actrice qui vient demander des renseignements sur un soupirant.

Un valet en habit, solennel et confidentiel, vint chuchoter à l'oreille de Louise Virid : « M. Marcilly attend Madame. »

Les deux femmes furent introduites dans un petit bureau dont l'aspect formait contraste avec le salon d'attente. Autant celui-ci montrait une pompeuse médiocrité, autant ce bureau révélait un goût délicat et personnel.

Il était tendu d'une moire grise de lin qui s'accordait heureusement avec un tapis gros bleu. Il y régnait une simplicité raffinée. Aux murs, en des cadres discrets, deux dessins, mais c'étaient un Daumier et une étude de Puvis de Chavannes, et deux tableautins, mais c'étaient une cathédrale de Claude Monet et un portrait frais et cendré de Berthe Morisot.

Un divan de velours à côtes, d'un vert suranné, semé de coussins aux formes et aux couleurs amusantes. Une table à écrire de citronnier et quelques chaises composées par un de ces artistes qui, depuis une dizaine d'années, après une période de tâtonnements et d'exubérance, cherchent une nouvelle formule de mobilier dans l'équilibre, la grâce, la beauté de la matière, le sens du confort. Quelques rares bibelots, mais des pièces de collection.

Jacques Marcilly cueillit une surprise dans les yeux de Jeanne. Il invita les visiteuses à s'asseoir et dit, comme pour s'excuser :

— Je vous ai fait attendre dans un cadre indigne de vous, Mesdames. Mais nos clients ne sont pas toujours des dilettantes et un salon cossu et de mauvais goût inspire une robuste confiance.

Il prit, après avoir quêté la permission, une cigarette dans une coupe de porcelaine flammée de Decœur, d'un gris doux de plumage, l'alluma, souffla une bouffée parfumée, et, se tournant vers Jeanne :

— Madame, Mme Virid, qui veut bien me faire l'honneur de me compter au nombre de ses amis, m'a prévenu de votre visite par un coup de téléphone. Comptez sur mon entier dévouement. Il paraît que vous m'allez exposer un cas tout à fait spécial. J'en suis ravi. J'aime la difficulté. Je vous écoute, madame...

Jeanne Vergelle, d'une voix toute apeurée, conta l'étrange persécution à laquelle elle était en butte depuis le jour de l'enterrement de son mari. Louise Virid venait à son secours, lorsque, impatiente et troublée, elle se perdait dans des méandres de phrases ou emmêlait les circonstances.

Après avoir écouté silencieusement, avec un sourire légèrement ironique, Marcilly se recueillit pendant quelques instants. Il caressa son menton rasé d'un geste familier, puis il frotta ses doigts l'un contre l'autre.

Jeanne attachait sur lui des yeux suppliants, quémandant l'oracle.

Quelques secondes s'écoulèrent qui lui parurent des quarts d'heure.

— Madame, dit-il enfin, tout d'abord, tranquillisez-vous : il n'y a pas plus de fantôme ni de revenant que dans le creux de ma main. Il y a quelqu'un qui se donne beaucoup de mal pour manigancer des facéties du plus mauvais goût et qui, par conséquent, doit y trouver ou croit y trouver un avantage. Il faut même que l'avantage soit sérieux, car votre persécuteur ne prend pas de repos et vous suit partout...

— Mon persécuteur? A votre avis, ce serait donc un homme ?

— Mme Virid croit que nous avons affaire à une femme. Moi, je crois que nous avons affaire à un homme. C'est de l'ouvrage trop méthodique, trop précis, trop mathématique, pour être de l'ouvrage de femme. A quel mobile obéit-on ? C'est ce que mon enquête nous apprendra. Je ne serais pas autrement surpris qu'on cherchât à vous rendre à demi-folle pour s'emparer plus facilement de votre succession...

— Cela, je ne le crois pas. Il n'y a pas d'enfant. Je reprends ma dot et les biens que j'ai hérités de ma mère. C'est très simple.

— Vous trouvez ? Mais votre mari avait un associé. Il y a ici une liquidation délicate à prévoir. Il faudrait connaître le contrat d'association. Il a pu être convenu que la société continuerait avec les héritiers de l'associé décédé, en l'occurence avec vous... Reprendre votre dot, c'est très facile à dire. Mais si elle est engagée dans les affaires de la Société et si M. Ladvocat, dont le nom symbolique me paraît déjà indiquer que la procédure lui est familière, s'est mis en tête d'en battre tout le maquis pour garder par devers lui les fonds qui doivent vous être restitués ? Et qui dit que la succession de madame votre mère n'a pas été employée également dans la Société?

— La succession de ma mère, qui avait liquidé ses intérêts commerciaux, a consisté en fonds d'Etat. C'est ce que mon notaire appelait en son jargon des biens paraphernaux. Tout cet avoir m'a été intégralement versé. Les titres sont nominatifs et j'en ai toujours touché moi-même les revenus.

— De ce côté, nous sommes donc tranquilles. Quel a donc été le montant de votre dot ?

— Trois cent mille francs d'argent liquide.

— Que votre mari a employé à sa guise...

— Je ne lui ai pas demandé de comptes. Quand je l'ai épousé, il était déjà associé avec M. Ladvocat. Ses affaires, alors n'étaient pas brillantes. Mais elles se sont rétablies assez rapidement. Les capitaux que j'apportais ont permis de les développer. Pour soutenir notre train de maison, pour faire face aux dépenses de mon mari, qui s'était créé hors de son ménage des besoins assez dispendieux...

— J'apprécie beaucoup cet euphémisme... Dire qu'on ne trompe que les femmes charmantes !

— Il fallait que le cabinet réalisât d'assez copieux bénéfices.

— Quel genre d'affaires y traitait-on ?

— Je n'ai jamais mis les pieds dans les bureaux de mon mari. Je sais qu'ils sont situés rue Taitbout, qu'ils sont assez vastes, qu'on lit « Contentieux international » sur une plaque de cuivre qu'il y a plusieurs employés, de jolies dactylographes...

— Qui vous a dit qu'elles étaient jolies ?

— M. Ladvocat... Il a même eu la délicatesse d'ajouter que mon mari les choisissait à bon escient...

— Cet homme est la discrétion même ! M. Vergelle devait sans doute s'occuper de ventes et d'achats d'immeubles, de recherches de capitaux...

— Je crois qu'il fondait des sociétés, qu'il achetait des brevets...

— Je vois ça... D'ailleurs, je prendrai mes renseignements...

— Il ne me parlait jamais de ses affaires. Tout ce que j'en sais, c'est par M. Ladvocat, qui, lui, m'en parlait beaucoup et s'adjugeait d'ailleurs le principal mérite de leur prospérité...

— Ce M. Ladvocat savait, naturellement que votre mère était riche.

— Il était assez au courant de ma situation de fortune.

— Cet homme vous a proposé de vous épouser, n'est-ce pas ?

— Mme Virid vous en a prévenu ?

— Non, mais j'en étais sûr. Avouez qu'il eût même trouvé tout naturel que vous divorciez pour devenir sa femme. Et vous lui avez nettement laissé comprendre qu'il perdait son temps...

— Je le déteste !

— Soyez tranquille : c'est lui qui vous a envoyé les petits bleus, c'est lui qui vous a téléphoné...

— Mais ce n'est pas possible !... La seconde lettre présente un caractère si intime, si personnel. Les œillets, la robe de crêpe de Chine rose, ces paroles de mon mari exactement rapportées, ces secrets révélés... Mon mari ne se serait pas confié à cet homme-là ! Si vous le connaissiez !...

— Chère madame, encore une fois, il n'y a pas de revenants... Mettez-vous bien dans la tête que ça n'existe que dans les romans, les revenants... Donc, il y a une personne bien vivante qui prend plaisir à vous tarabuster... J'ai la conviction profonde, irrésistible, que ce n'est pas une femme...

— Votre chaleur me conquiert, dit Louise Virid. Je sais, d'autre part, que vos pressentiments, étayés d'infaillibles déductions, ne vous trompent jamais. Moi, même après le coup de téléphone, je croyais encore à une persécution féminime. Mais en admettant que M. Ladvocat tire les ficelles de ce scénario à l'Edgar Poë, je me demande si le mobile qui le pousse à piétiner les plates-bandes des auteurs du Grand-Guignol n'est pas plutôt une jalousie enragée que l'intérêt...

— Pour moi, c'est uniquement l'intérêt. Et voici la raison que je vous en donne : si ce Ladvocat eût été réellement jaloux de se voir préférer le galant homme qui fut pour vous, madame, ce que les Italiens appellent si joliment une « consolazione », il n'eût pas attendu si longtemps pour se venger. Or, la seconde lettre prouve manifestement qu'il a tout su, et par qui ? Par votre mari, n'en doutez pas, qui a eu confiance en cet homme, parce que cet homme était son associé, lui faisait gagner de l'argent, parce qu'ils étaient sans doute unis par ces secrets qui ligotent si souvent les gens d'affaires. Ladvocat, mais c'était un confident tout désigné ! Votre mari, qui se savait indigne de vous, souffrait de son indignité et acceptait que votre jeunesse dédaignée et offensée recherchât la douceur d'un réconfort. Il éprouvait un amer plaisir à vider son cœur, à dévoiler cet amour morne et silencieux qui le rongeait comme un cancer. Ladvocat a tout su : or, la jalousie n'est pas un plat qui se mange froid. Il n'a rien fait contre vous. Il pouvait vous nuire de mille façons, pousser votre mari au divorce, vous jeter à la face que vous n'étiez pas cruelle vis-à-vis d'un autre, que sais-je ? Ce qu'il fait maintenant montre qu'il ne manque pas d'imagination dans la vilenie. Conclusion : l'intérêt seul le guide !

— L'intérêt, l'intérêt... Mais quel intérêt ?...

Marcilly abaissa sur Jeanne un regard où la pitié se nuançait de politesse. Un sourire d'étonnement plissa sa joue. Comment ! sa cliente ne voyait pas le but que poursuivait Ladvocat !

Il enveloppa ses maxillaires de ses doigts en éventail, comme s'il flattait une barbe imaginaire, puis frotta contre son pouce son index et son médium, l'auriculaire précieusement levé. Ce geste, qu'il répétait pour la troisième ou la quatrième fois depuis qu'il conférait avec les deux amies, accompagnait chez lui les minutes de contention d'esprit, ainsi que celle où quelque contradicteur n'accepterait pas ses arguments, où quelque point noir surgissait à l'horizon de ses désirs.

Jeanne observa la grâce féminine de cette main aux doigts fuselés, aux ongles longs et minces, polis comme des opales.

Une seule bague y brillait, et d'argent, mais qui enserrait d'une dentelle de ciselure une large améthyste et semblait un bijou de doge ou d'infante.

Dans sa toilette, il s'inspirait du principe posé par un homme pour qui le dandysme fut un art et une raison de vivre, Brummel, qui professait que la véritable élégance ne doit pas se faire remarquer. Marcilly eût passé inaperçu dans la rue, au milieu des promeneurs ; mais une femme de goût, dans un salon, ne pouvait s'empêcher d'admirer l'art subtil avec lequel il choisissait les étoffes qui composaient les diverses pièces de ses vêtements pour établir une harmonie souple et discrète entre les nuances des guêtres, du complet, de la cravate, des gants, du chapeau... Une femme discernait encore que ce veston, qui semblait pareil à tous les vestons, et banal à force de perfection et d'aisance dans la coupe, offrait une note personnelle par le petit parement qui garnissait la manche ou le dessin du revers.

Un visage sec et brun, un menton impérieux, un grand nez, osseux, aquilin, trop long, penché sur une bouche étroite aux contours précis, un sourire indulgent, qui zébrait les joues de rides curvilignes et découvrait une forte denture où luisaient, côte à côte, deux incisives d'or, des yeux verts, fouilleurs, agiles, des cheveux grisonnants relevés sur un front bossué d'imaginatif, la surprise de toutes petites oreilles, enfin, un mélange difficile à doser de volonté, de froideur, de vivacité, de sens pratique, de chimère, de bonté même : tel apparaissait Jacques Marcilly, policier pour mondains, actrices et politiciens.

— Quel intérêt, s'écria-t-il, après une pause consacrée à allumer une seconde cigarette, vous me demandez quel intérêt ! Mais vous ne voyez donc pas que M. Ladvocat poursuit un but bien défini : il veut rejeter loin de votre vie M. Miroulier. Il ne le masque pas du tout, son but, il revient à la charge avec une insistance d'une maladresse insigne. Premier petit bleu : « Je te défends de voir Miroulier. » Deuxième petit bleu : « Je te défends de voir Miroulier. » Troisième manifestation : même antienne. Et il se dit : « Le jour où je le lui aurai rendu odieux, où elle fuira sa présence avec une horreur terrifiée, vite, un petit bleu où son mari lui conseillera de m'épouser. Elle n'aura plus sa raison à elle, elle m'accueillera comme un sauveur, elle m'apportera une fortune confortable et je n'aurai pas de comptes à lui rendre sur la gestion de la Société... » Car c'est encore là que je l'attends, cet aimable gredin : il avait la partie belle avec votre mari, qui n'était pas toujours en état de bien vérifier sa comptabilité... Nous allons mettre rapidement un frein à cette petite plaisanterie. Vous ne changerez rien à votre existence. Vous continuerez de sortir avec M. Miroulier. Il faut donner à Ladvocat des raisons de persévérance dans son attitude. Vous savez maintenant quelle est la main qui fait mouvoir les ficelles. Vous ne vous affolerez plus. A propos, n'oubliez pas de m'apporter une lettre de Ladvocat. Je ferai comparer son écriture avec celle des petits bleus.

J'ai reçu de lui, hier, une lettre où il me demande un rendez-vous. Je l'ai dans mon sac.

— Vous allez lui téléphoner, et tout de suite, devant moi, pour lui donner un rendez-vous chez vous...

— Me trouver seule avec lui, jamais !

— Je serai dans une pièce voisine. Il ne faut pas que vous ayez l'air d'avoir peur, de prendre toutes ces menaces au sérieux, de tomber dans le panneau, enfin ! Si vous voulez que nous confondions ce gentilhomme, c'est là une condition « sine qua non ». Allons ! du courage ! Tout cela va s'arranger, et plus vite que vous ne croyez...

Cinq minutes plus tard, Jeanne téléphonait à Ladvocat qu'elle le recevrait avec plaisir le lendemain, tandis que Marcilly appliquait un des récepteurs contre son oreille.

Aucune manifestation de l'au-delà ne vint, pendant toute cette journée, troubler la sécurité quasi reconquise de Jeanne.

Elle se rendit chez Jacques Miroulier en sortant de l'agence Lynx, lui raconta son entrevue avec le policier. Ils dînèrent tous trois chez Louise Virid. Libérée d'angoisse, leur âme s'épanouissait dans une sereine confiance.

Jeanne put enfin dormir d'un sommeil paisible.

Le lendemain, elle reçut Ladvocat avec un courage tranquille. Son attitude la plongea dans la plus profonde surprise. Elle fut simple et correcte. Il semblait avoir dépouillé son outrecuidante fatuité et éteint le feu hardi de ses regards.

— Madame, lui dit-il en substance, j'ai fait déposer chez votre notaire une copie du contrat qui me liait à votre mari. M. Vergelle avait placé 150.000 francs, provenant de votre dot, dans notre société. Aux termes de notre contrat, je dois, en cas de mort de M. Vergelle, pour rester maître de l'affaire, vous restituer ces 150.000 francs et vous verser, en plus, une somme de 50,000 francs, représentant la valeur du fonds. Je vais vous restituer immédiatement la moitié de ces deux sommes ; je puis vous donner le reste dans trois mois. Si vous préférez laisser fructifier ces cent mille francs dans les affaires du « Contentieux international », je vous verserai un intérêt qui sera constitué par le quart des bénéfices totaux, ce qui pourra vous assurer une rente de 20.000 ou 25.000 francs...

— Mais, monsieur, un tel intérêt pour cent mille francs... Je ne puis accepter...

— Madame, vous m'obligerez en acceptant... Je serais heureux que la veuve de mon associé me laissât ce moyen de lui témoigner toute la respectueuse sympathie qu'elle n'a jamais cessé de m'inspirer...

Quand la porte se fut refermée sur Ladvocat, Marcilly, qui avait entendu la conversation d'une pièce contiguë, vint à Jeanne en hochant la tête.

Il se pinça le menton et fit claquer ses doigts d'un geste impatient.

— Diable, diable, fit-il, l'affaire se complique... Je suis ravi... Je suis ravi... J'adore les difficultés... Nous en sortirons, chère madame, nous en sortirons...

La sonnerie du téléphone grelotta. Jeanne saisit le récepteur.

— Venez, appela-t-elle, la voix oppressée, les yeux chavirés.

Il écouta.

Il fronça le sourcil, pâlit, fit claquer ses doigts un peu plus nerveusement.

Il entendit comme des plaintes étouffées, des sanglots. C'était le cri d'une souffrance profonde, c'étaient comme des râles mêlés de gémissements.

Et, très loin, comme une tapisserie derrière des fantômes, très loin derrière ces plaintes, ces râles ces gémissements, modulés par des flûtes désolées et d'éplorés violons, les accents de la *Marche Funèbre* de Chopin balançaient leurs funèbres guirlandes...

— Il n'y a pas cinq minutes qu'il est parti d'ici, réfléchit Marcilly. Ce n'est donc pas lui qui bat la mesure... Mais il est bien étrange que ce petit concert nous soit offert juste après son départ... Décidément, ça devient très intéressant.

V

MADEMOISELLE HARVETTE

MARCILLY se mit aussitôt en campagne. C'était la première fois qu'il se trouvait en face d'un ennemi aussi imprévu, aussi impondérable, aussi tenace : un mort.

Certes, derrière ce mort, s'abritait un vivant. Cependant, au bout de dix jours de filatures et de recherches, d'inductions et de déductions, non seulement Marcilly n'arrivait point à la conclusion que Ladvocat, qu'un pressentiment impérieux lui avait promptement désigné, fût le *deus ex machina* de cette tragi-comédie, mais se demandait même s'il y apportait une collaboration quelconque.

Humilié autant que consterné, il ne découvrait personne sur qui fixer ses soupçons.

« Alors, concluait-il, si ce n'est pas Ladvocat et si ce n'est pas un autre, c'est qu'il y a de la magie là-dessous. Mais on n'a jamais vu un mort écrire, ni téléphoner, ni se livrer aux mille jongleries qu'invente feu Vergelle pour embêter sa veuve. Donc, c'est moi, Marcilly, qui suis un imbécile. Cherchons encore, cherchons toujours, travaillons, prenons de la peine, c'est le fonds qui manque le moins ».

Marcilly était cruellement blessé dans son amour-propre. Il avait promis à Mme Vergelle de ligoter son tourmenteur ; mais les phénomènes par lesquels ce mystérieux personnage se rappelait à son souvenir ne cessaient point. Bien mieux, ils étaient devenus plus fréquents et plus inquiétants.

Marcilly n'avait point embrassé la profession de policier par nécessité de choisir ou de subir un gagne-pain. Il se trouvait à la tête d'une solide fortune qui eût pu lui assurer une oisive indépendance. Docteur en droit, esprit curieux, hardi, que la vie divertissait et qu'aucune forme de l'activité humaine ne laissait indifférent, s'intéressant tour à tour à l'art et à la science, il avait d'abord fondé une revue littéraire aux ambitions et aux théories excessives qui n'avait vécu que pendant six mois, puis commandité un inventeur qui devait révolutionner l'aviation et qui, avant de mettre son invention au point, s'était fait enfermer à Charenton; ensuite, il s'était tourné vers la politique, avec un programme neuf et séduisant, mais il s'était vite aperçu que les idées comptent pour peu de chose et que l'intrigue et la médiocrité sont prépondérantes ; il avait même quitté cette galère au moment précis où on lui offrait un siège de représentant du peuple, car il avait de la sagesse, de la fantaisie et de la volonté. Il se mit à courir l'Espagne, la Grèce et l'Egypte, fit un peu de peinture pour s'amuser, écrivit des impressions de voyage, et ayant eu l'occasion de s'adresser à l'agence Lynx pour faire épier les faits et gestes d'une personne qu'il soupçonnait de regarder ses amis avec trop d'altruisme, il se sentit pousser une vocation de policier.

Il en remontra au « fin limier » qu'on avait chargé de surveiller la petite frivole. Il découvrit soudain combien le métier de policier pour amoureux et gens chic peut être captivant et divers. Il entrevit un admirable voyage de découvertes au pays des âmes. Et sa curiosité passionnée de la vie, son goût du risque et de la nouveauté le conduisirent à proposer au directeur de l'agence Lynx de s'associer avec lui.

Il moderniserait la maison. Il allècherait la clientèle par une publicité abondante et ingénieuse. Il instaurerait des méthodes plus rationnelles, plus promptes. Mais, tout en se réservant un droit de contrôle rigoureux et des pouvoirs étendus, il resterait dans la coulisse. Il comptait dans sa famille d'opulents seigneurs de la féodalité industrielle : c'eût été déchoir à leurs yeux que de prendre officiellement la direction d'une agence de police.

Marcilly n'avait point jusqu'alors rencontré le succès dans ses diverses entreprises. Il le trouva dans l'exploitation de l'agence Lynx, et par les plus simples moyens.

Au lieu d'employer pour les filatures et les enquêtes de pauvres hères grossièrement chaussés et mal ficelés, qui se faisaient brûler tout de suite, il eut des inspecteurs élégants qu'il recruta, la plupart du temps, parmi les acteurs, à cause de leur habileté à se grimer. Il s'attacha comme chefs de file, en leur offrant d'avantageuses conditions trois détectives qui avaient fait brillamment leurs preuves, l'un à Londres et les deux autres à la Sûreté générale.

Il intéressait son personnel au succès des missions qu'il lui confiait par l'appât d'une prime égale au cinquième des honoraires reçus.

Enfin, et c'était probablement la meilleure des innovations qu'il eût apportées à l'agence Lynx, il fit un large appel à la collaboration féminine. Il eut la joie orgueilleuse de découvrir des sujets d'une prudence et d'une perspicacité qui se jouaient de toutes les difficultés, parmi des femmes que leur profession n'avait point préparées à exercer celle de policière, des midinettes, des mannequins, de simples bourgeoises même.

Parmi ces « limières », si l'on peut dire, se trouvait une jeune femme fort distinguée et assez jolie qui avait été institutrice et qui, un jour, était venue à l'agence Lynx pour demander qu'on retrouvât la trace d'un amant qui l'avait laissée sur le pavé, après lui avoir fait quitter sa place et l'avoir rendue mère.

— Vous voulez qu'il vous fasse une pension ? lui avait demandé le froid et correct Joseph Prik, directeur nominal de l'agence Lynx, en frisant la pointe de ses favoris.

— Non, monsieur, répondit la visiteuse, je veux seulement le tuer.

Joseph Prik jugea qu'il s'agissait là d'une affaire qui captiverait le véritable patron et conduisit à Marcilly la jeune abandonnée.

— Mademoiselle, lui dit-il, je ne rechercherai pas votre ami. Ce n'est pas que j'aie peur que vous attentiez à ses jours. Je suis bien tranquille ; quand on veut tuer son amant, c'est qu'on l'adore. Cet homme-là saurait vous amadouer, vous ne demanderiez qu'à pardonner ; il vous jouerait de nouveaux tours ; c'est ce qu'il faut éviter. Je pourrais vous dire : « Nous allons le retrouver », pour prendre votre argent et ne m'occuper de rien. Ce n'est pas mon genre. Ecoutez-moi : ce que vous avez de mieux à faire, c'est de vous remettre à travailler...

— Monsieur, j'étais dans une famille où l'on me traitait comme l'enfant de la famille ; je me demandais parfois si mes élèves n'étaient pas mes sœurs. Il m'a fait quitter un foyer où je vivais heureuse et respectée. Il m'avait promis de m'épouser.

— Ne le dites pas : c'est si banal que cela en devient invraisemblable. Bref, vous avez cherché une place, et, naturellement, vous n'avez rien trouvé qui approchât du petit Paradis que vous avez perdu.

— C'est cela, monsieur. Je ne trouve que des situations inférieures, mal rétribuées. J'ai une petite fille à élever.

— Que savez-vous faire ?

— J'ai tous mes brevets. Je parle couramment anglais. Je peux enseigner le dessin, le piano, la broderie, la pyrogravure...

— Ce qui m'intéresse, c'est l'anglais. Voulez-vous entrer ici à l'essai ?

— Ici, mais pourquoi faire ?

— J'emploie des femmes comme policières. Nous avons parfois des missions à exécuter en Angleterre et si vous parlez la langue vraiment couramment, vous pourrez me rendre des services.

— J'ai vécu trois ans à Manchester.

— Soyez débrouillarde, souple, opiniâtre, vous gagnerez de l'argent chez nous...

Voilà comment Mlle Harvette était entrée à l'agence Lynx.

Elle en devint une des plus sagaces collaboratrices. Elle montrait des cheveux blond cendré et des yeux gris de lin, un sourire suave sur des dents de perle, l'air virginal et aristocratique d'une jeune Lady de Thomas Lawrence. Elle eût été extrêmement jolie sans quelques petites taches de son qui gâtaient ses joues. Elle obtenait facilement des renseignements des hommes en se laissant faire un peu la cour. Elle disparaissait quand elle avait appris ce qu'elle voulait savoir. Elle était précieuse pour tirer les vers du nez des maris coureurs.

Marcilly l'avait chargée de surveiller Ladvocat. Mlle Harvette, séduite par la bizarrerie de l'aventure, lui avait promis d'employer toute son intelligence à en pénétrer les arcanes.

Elle s'était présentée aux bureaux de la rue Taitbout et avait demandé M. Vergelle. On lui avait naturellement répondu qu'il était mort, mais qu'elle pourrait voir son associé. Elle était habillée de vêtements de deuil et le bandeau blanc des veuves ceignait son front.

Elle fut d'abord reçue par le principal employé du « Contentieux international », un petit rouquin maigre et frisé, dont on ne voyait que le nez, qui chez lui prenait une ampleur dont eût été jaloux Cyrano de Bergerac. Cet appendice s'avérait à la fois anormal par ses dimentions ambitieuses et sa silhouette imprévue, jusqu'à former un angle obtus, par sa couleur, bleuâtre à la racine, blanc gris au bout, légèrement bilobé, et pourpre aux narines, vermiculées de petits réseaux sanguinolents. Ce cône rouge et blanc ressemblait à un gros radis. Par une disgrâce suprême, l'employé s'appelait Florian Lavertu.

Mlle Harvette fut d'abord tentée d'éclater de rire. Mais elle songea qu'elle allait se donner pour une veuve toute récente et se contint.

Elle exposa à ce rond-de-cuir aux grâces potagères qu'une de ses amies lui avait conseillé de voir, pour une affaire très délicate, M. Vergelle. Devant son refus d'expliquer de quoi il s'agissait à un sous-ordre, elle fut introduite auprès de Ladvocat, dans un bureau banal et cossu, meublé de fauteuils de cuir, de cartonniers et décoré de trophées de chasse.

— Monsieur, dit-elle, une de mes amies qui a beaucoup connu M. Vergelle, et dont vous me permettrez de ne pas vous révéler le nom, à cause du petit roman qu'ils avaient ébauché, m'a engagée à m'adresser à votre agence.

— Madame, je vous écoute...

— J'ai perdu mon mari il y a deux mois. Nous nous sommes mariés sans contrat, sous le régime de la communauté.

— C'est un tort.

— Je m'en aperçois. Son père et sa mère sont décédés, mais il y a un grand-père qui ne m'aimait pas, et qui, aujourd'hui, malgré le testament qui m'institue légataire universelle, veut qu'on vende tout chez moi, afin de faire établir sa part à un centime près.

— C'est la loi. Vous êtes esclave de la quotité disponible.

— Mais, alors, moi, l'épouse, je passe après le grand-père, malgré la volonté formelle de mon mari ?

— C'est la loi. Mais on peut ruser, ergoter, temporiser. On peut lasser l'adversaire et l'amener à composition. Vous avez en main un atout irrésistible. Votre beauté. Quel magistrat, quel officier ministériel ne serait point attendri par une grâce que le deuil rend encore plus douce et plus captivante ?

— Alors, monsieur, vous croyez que vous allez empêcher ce vilain vieillard de mettre son projet à exécution ?

— J'en suis tellement certain que je ne vous demanderai aucune provision. Vous m'abandonnerez un pourcentage minime sur votre héritage tout simplement...

« Sous son apparence de générosité, le roublard est toujours sûr de ne rien perdre », constatait Mlle Harvette. Elle le revit deux fois, en peu de temps, sans signer aucun engagement. Elle attendait, disait-elle, le retour de son père. Elle put ainsi l'étudier à loisir.

Il lui paraissait difficile de porter un jugement sur cet homme. Certes, il se montrait plein de lui-même, hâbleur, avantageux. Son masque était vulgaire et brutal. Cependant, il dégageait une impression de force et d'audace qui ne devait pas déplaire à toutes les femmes. Il lui faisait la cour, mais il s'y prenait habilement, sans hâte ni précipitation choquantes.

Il s'avérait retors et prudent en affaires. Mais elle ne pensait pas qu'il fût assez intelligent pour conduire une intrigue aussi compliquée et aussi insaisissable que celle où se débattait Mme Vergelle, éperdue et meurtrie, comme un oiseau emprisonné dans une cage aux parois transparentes et qui se brise les ailes contre un invisible cristal.

Mlle Harvette avait suivi Ladvocat à travers les rues, tantôt déguisée en vieille dame à cheveux blancs et à lunettes, tantôt en brune demoiselle de boutique.

Les gens qui ne veulent pas être filés emploient un stratagème fort simple. Ils vont prendre le Métropolitain à une station très peu fréquentée. Quand ils en descendent, ils voient bien si une des rares personnes qui se trouvaient sur le quai au moment où ils montèrent en wagon descend en même temps qu'eux.

Jamais Ladvocat n'avait usé de ce moyen.

Mlle Harvette l'avait vu entrer et sortir de chez lui à des heures régulières. De temps à autre, il dînait au cabaret avec des amis, ou bien il y emmenait une petite comédienne qui jouait de modestes rôles dans la revue d'un théâtricule à la mode.

Une fois par semaine, le mardi, il recevait, jusqu'à l'heure du chocolat, l'hospitalité de cette jeune personne, qui s'était affublée du pseudonyme de Mlle de Lespinasse et qui dédiait les autres jours de la semaine tantôt au caprice, tantôt à de régulières amitiés ou encore à la douceur imprévue de la solitude.

Un soir, pendant que Mme Vergelle subissait, par téléphone, de nouvelles objurgations de son mari, Ladvocat dînait avec cette Mlle de Lespinasse. Trois jours plus tard, tandis que ces coups rythmés étaient frappés, en pleine nuit, à la porte et aux murs de la chambre de la persécutée, Ladvocat s'attardait chez sa petite petite camarade.

Cette double constatation avait découragé Mlle Harvette.

Depuis que Marcilly avait juré de la délivrer du mystérieux péril qui conspirait contre son repos, sa liberté, sa raison, Mme Vergelle était devenue la plus malheureuse des femmes.

Le téléphone se changeait pour elle en instrument de supplice. Un matin, trois détonations avaient éclaté dans le récepteur. Et la voix de son mari la prévenait que ces détonations étaient celles du revolver qui tuerait Jacques Miroulier.

— C'est bien ! avait ordonné Marcilly, faites venir les ouvriers. Enlevez l'appareil ! L'imbécile qui vous gratifie de ces gentillesses sera bien attrapé...

L'appareil fut déposé. Mais, le lendemain même, Mme Vergelle trouvait sous son oreiller une carte de son mari. Troublante coïncidence, cette carte était largement bordée de noir, comme si M. Vergelle portait son propre deuil. Or, Mme Vergelle ne se rappelait pas avoir jamais vu de cartes de deuil entre les mains de son mari. Une écriture maigre, molle et droite, aux boucles lasses, avait tracé ces menaces arrogantes :

« Tu auras beau faire, je trouverai malgré tout le moyen de correspondre avec toi, de faire entendre ma protestation. Je suis ici et partout, mêlé à l'ombre et à la lumière, à l'air et au minéral. Je traverse les murs et les cœurs. Je dore le fruit de ma vengeance au beau soleil de ma haine... Et quand ton Jacques viendra me retrouver, ma haine le poursuivra encore, car elle est plus forte que la mort ! »

Marcilly avait fait examiner par des graphologues l'écriture de M. Vergelle, celle de Ladvocat et celle des cruels billets.

Pour la première fois, peut-être, depuis qu'il est des graphologues, quatre de ces savants capricieux adoptèrent simultanément la même solution et conclurent à une identité complète entre l'écriture des billets et celle de M. Vergelle.

N'ayant rien obtenu par Mlle Harvette, Marcilly ne voulait pas se tenir pour battu. Son orgueil professionnel était engagé. D'autre part, une sympathie tissue d'affinités, qui suscitait l'estime et le dévouement, l'attirait vers Mme Vergelle. Elle offrait une de ces natures d'élite qui pénètrent sans effort tous les arts, comme certains Slaves apprennent sans difficulté les langues étrangères, qui planent au-dessus de la vulgarité générale, qui ignorent l'instinct du lucre, qui aiment, qui admirent, qui comprennent et qui souffrent.

Elle méritait plus qu'une autre d'être défendue.

Il mit aux trousses de Ladvocat un détective anglais John White, qui ne se laissait jamais prendre en défaut.

La persécution continuait en s'aggravant.

Toutes les pendules s'arrêtaient à l'heure où Vergelle avait rendu le dernier soupir. L'électricité s'allumait brusquement dans la nuit. Les portraits de M. Vergelle tombaient ou se retournaient. Jeanne reçut par la poste une photographie de Jacques Miroulier, les yeux crevés.

Au bout de huit jours, John White n'avait pas récolté le plus mince indice.

— J'y perds mon latin, confessa John. En Angleterre, j'ai été chargé d'expliquer le mystère d'une maison hantée. Je n'ai rien trouvé. Un jour, même, j'ai reçu une pierre sur la figure, et j'étais dans une salle fermée. Il y a des choses au-dessus de nous, des choses qu'on ne sait pas...

— Alors, vous croyez que Vergelle, qui est mort et enterré, pourrait peut-être...

— Je le crois, dit simplement John White.

Les deux hommes se regardèrent en frissonnant.

Marcilly, désarçonné, revint à Mlle Harvette.

— White n'a rien découvert, il faut absolument que nous en sortions, ou d'ici peu Mme Vergelle sera folle... White, lui, incline à croire que peut-être... enfin...

— Que c'est M. Vergelle qui se rappelle au souvenir de sa femme... Vous n'allez pas imaginer ça, vous, M. Marcilly ! Vous êtes un homme intelligent !

— Je ne suis pas un homme intelligent, puisque je ne suis pas capable de voir clair dans cette affaire-là...

— Patience ! Nous y arriverons... Partons d'abord de ce principe qu'il n'y a pas de surnaturel...

— C'est mon avis.

— Mais vous n'en êtes pas assez persuadé. Donc, nous devons trouver. Observons la marche des phénomènes. Ils ont d'abord été absolument extérieurs : des lettres, des coups de téléphone. Nous avons supprimé le téléphone. Alors, les phénomènes ont cessé de demander à l'administration des P.T.T. une inconsciente complicité. Ils se sont directement installés chez Mme Vergelle. Il y a un compère ou une commère à la place.

— Cela est évident. Mais Mme Vergelle est sûre de ses domestiques. Elle connaît sa femme de chambre depuis douze ans. Quant à la cuisinière, elle couche au sixième. Elle n'est donc pas responsable des phénomènes nocturnes. J'ai fait bavarder la femme de chambre. J'avoue que j'écarte totalement l'idée qu'elle puisse s'allier avec les ennemis de Mme Vergelle.

— Moi aussi, j'écarte cette idée. J'ai vu cette fille, qui m'a prise pour une demoiselle de magasin en livraison. Elle me paraît probe, dévouée et d'une bonne stupidité moyenne. Cependant, elle est la seule personne qui puisse retourner les portraits, arrêter les pendules et taper contre les murs...

— A moins qu'un de ces personnages funambulesques dont le cinéma nous montrait les prouesses, dans les films d'avant-guerre, ne s'introduise chez elle par les cheminées...

— Ne plaisantons pas. Je vous propose d'envoyer Mme Vergelle à la campagne, loin de ses domestiques, loin de tous ceux qui l'approchent ici, loin même de M. Miroulier...

— Le soupçonneriez-vous ?

— Non, mon cher directeur, il m'a fait bonne impression quand vous l'avez convoqué, mais je vous engage à les séparer pendant quelque temps...

— Mais vous avez une raison pour me conseiller cette séparation...

— Il me serait difficile de vous l'expliquer clairement. C'est plutôt une intuition qui me pousse à préconiser une expérience...

Perplexe, Marcilly ne répondit point. Il prit une cigarette dans une boîte d'écaille, l'alluma, en tira trois bouffées, la jeta, se gratta le menton, fit claquer ses doigts...

Il arpenta trois ou quatre fois son bureau et dit enfin :

— J'ai confiance en vous, ma petite Harvette... Et si nous réussissons, vous me permettrez d'offrir à votre fillette un cadeau digne du service que vous aurez rendu à l'agence Lynx et, en particulier, à Jacques Marcilly...

Le soir même, Marcilly trouvait dans son courrier une enveloppe de deuil que barrait la mention : « personnelle », et qui avait été apportée chez sa concierge. Il eut un haut-le-corps en reconnaissant l'écriture de la suscription.

L'enveloppe contenait une carte de Louis Vergelle, une carte de deuil, impérative et gouailleuse : « Présomptueux jocrisse, n'essaie pas de lutter avec les morts ! ».

VI

ACCALMIE

JEANNE Vergelle se réveilla parmi les chants d'oiseaux brodés en arabesques sur le chœur des grillons, parmi la bonne odeur des pelouses mouillées de rosée, l'haleine mêlée des fleurs et la joie de la campagne estivale.

Des grappes de glycine encadraient autour de la fenêtre ouverte, un paysage de frondaisons et de ciel bleu, d'un bleu jeune et frais qu'une brume légère poudrait d'argent, et où s'allongeaient trois petits nuages de nacre et d'opale.

Elle soupira d'aise.

C'était, depuis l'enterrement de son mari, la première fois qu'elle reposait vraiment. Elle s'était mise au lit à dix heures du soir, après avoir subi les bruyantes embrassades de la cousine Mutalion et de ses quatre filles, de Noémie, l'aînée, qui, malgré ses seize ans, jetait à tout propos des rires aigus semblables au cri de la poule, des trois autres, échelonnées de deux années en deux années : Blanche, qui parlait trop fort et ne tenait pas en place, Françoise, qui grimpait aux arbres, Rosine, qui absorbait les nourritures les plus bizarres : porte-plumes, crayons, écorces, bouchons, petits escargots vivants, papier...

Elle s'était endormie presque aussitôt, terrassée de fatigue et d'émotion, privée de sommeil depuis deux semaines.

Surprise ineffable de se réveiller, au bout d'une nuit purgée de cauchemars, sans la torture de l'angoisse ! Elle se trouvait en sécurité, la confiance entrait dans sa chambre avec la douceur du matin, les voix innombrables et la fastueuse splendeur de juillet.

Elle était libérée ; elle était exorcisée ; elle pouvait à peine croire à tant de bonheur. Des villes, des villages, des plaines, des rivières, des bois dressaient une barrière infranchissable entre le calme refuge et ce Paris où elle était traquée.

En regardant ce ciel frais et ces glycines, ce coin de parc, cette chambre quiète, elle se demandait si c'était bien la même Jeanne qui avait dormi dans le grand lit de cuivre, entre ces draps qui sentaient bon la lavande, sous ce couvre-pieds de toile de Jouy.

Ce n'était pas possible ! Quel contraste avec la malheureuse Jeanne de Paris, pourchassée sans répit par d'implacables rancunes !

Elle venait de passer une quinzaine atroce, dans une terreur hallucinante, une obsession de tous les instants. A chaque coup nouveau de la féroce vengeance, les nerfs brisés, l'âme déchirée, elle se posait cette interrogation douloureuse :

— Que va-t-il m'arriver, maintenant ?

Avant qu'on lui supprimât le téléphone, une invincible main l'entraînait vers les récepteurs, dès que la sonnerie retentissait. Les derniers jours, elle ne trouvait pas le courage de réagir, elle n'essayait même pas de fuir le danger. Elle sentait sa raison lui échapper. L'homme sur lequel les soupçons s'étaient portés paraissait étranger à la persécution qui la tourmentait. La force mystérieuse du destin s'abattait sur elle. Elle était en proie à un malheur d'autant plus redoutable qu'il n'existait point parmi les malheurs catalogués, qu'il échappait aux lois naturelles, qu'on y sentait la main d'un mauvais génie, d'une puissance infernale qui triompherait de toutes les rébellions...

Le suicide lui était apparu comme une délivrance, mais une telle lassitude était en elle que jamais elle n'eût assumé le courage et la volonté de passer du désir à l'action.

Un matin, Marcilly lui avait dit :

— Vous ne pouvez pas rester à Paris. C'est faire la partie trop belle à l'X qui vous tarabuste. Vous avez bien, en province, des parents, des amis qui pourraient vous recevoir...

— J'ai une de mes cousines germaines qui habite Bois-le-Roi une grande partie de l'année avec ses filles... C'est une excellente personne, qui m'aime beaucoup... Un peu bavarde...

— Tant mieux ! Elle vous étourdira...

— Un peu superficielle...

— Parfait ! Vous avez besoin de conversations terre-à-terre...

— Veuve et affligée de quatre filles plus diables les unes que les autres...

— Mais c'est l'idéal... Vous jouerez avec vos petites cousines, elles vous feront enrager...

— Ma cousine m'a d'ailleurs demandé d'aller passer quelque temps chez elle... Elle a pour moi une très vive sympathie... Et puis, elle s'ennuie dans une grande propriété qui lui cause des tracas...

— Allez vite la distraire : vous ferez une œuvre pie et vous embêterez sérieusement notre X, car je suis persuadé, écoutez-moi bien, que du jour où vous serez chez votre cousine, le sieur X... vous fichera subitement la paix...

— Si vous pouviez dire vrai ! N'ouvrez pas la fenêtre de ma prison sur un si bel espoir...

— Les murs mêmes de votre prison s'évanouiront. Vous partez cet après-midi.

— Cet après-midi ?

— La rapidité de l'exécution est absolument nécessaire. Il ne faut pas que le sieur X... ait le temps de se retourner. Vous disparaîtrez comme une déesse de féerie qui s'enfonce dans une trappe.

— Mais que dira la cousine Mutalion, en me voyant arriver comme ça, sans prévenir ?

— Elle dira ce qu'elle voudra ! vous lui raconterez : « J'étais malade, énervée, affaiblie, le médecin m'a dit : Partez tout de suite ! Et me voici ! » Elle sera enchantée. Une femme qui s'ennuie, qui trouve la vie monotone ; mais il lui faudrait des surprises comme ça tous les jours!

— Je n'aurai jamais le temps de faire mes malles...

— On ne vous tolère qu'une malle... Vous êtes en deuil, vous n'avez pas besoin de grand'chose... Ce qui pourrait vous manquer, Mme Virid ira vous le porter...

— Ou Maria...

Marcilly baissa la voix et dit, en regardant Mme Vergelle au fond des prunelles, en dardant sur elle toute la volonté des ses yeux luisants :

— Pas Maria ! Recommandation expresse : Maria ignore où vous allez.

— Mais pourquoi ?...

— Personne, dans la maison, ni la concierge, ni la cuisinière, ni Maria, personne ne doit savoir où vous allez... Vous direz, au moment de partir, que vous allez passer quelques jours à la mer...

— Mais Maria va être suffoquée de me voir partir, elle qui est au courant de tout, qui me console, qui me protège...

— Maria sera suffoquée... Elle est déjà rouge comme une pomme d'api ; elle passera au cramoisi. Seconde recommandation : M. Miroulier n'ira pas vous voir...

— Chez ma cousine, il me serait difficile...

— Je sais... Je veux dire qu'il n'ira pas s'installer à Bois-le-Roi, que vous ne le rencontrerez pas comme par hasard, que vous ne direz pas le soir, en dînant, d'un petit ton détaché : « J'ai rencontré cet après-midi un de mes bons amis, un peintre de talent. Il a fait des portraits de fillette qui sont ravissants... » Il faut que le sieur X... perde contact avec vous, et, pour cela, il est nécessaire que M. Miroulier, pendant quelque temps, se tienne dans la coulisse... Mais il pourra vous écrire, car il est difficile de suivre les lettres... Vous allez donc vous préparer rapidement, en laissant croire à Maria que vous ne partez que demain...

— Je n'ai pas vu M. Miroulier depuis six jours... Je n'osais plus...

— Partez sans le voir, croyez-moi. Et dites-vous que tout ce que nous faisons, c'est uniquement pour votre bien, pour vous sauver, et que dans un an vous vous appellerez Mme Miroulier...

Le programme tracé par Marcilly s'était ponctuellement réalisé.

Mme Vergelle était partie de chez elle en jetant

au chauffeur, devant Maria, ahurie, « Gare Saint-Lazare ».

Mais elle faisait arrêter boulevard Delessert, où l'attendait Louise Virid et Marcilly, et le taxi filait vers la gare de Lyon.

Elle était accueillie avec les plus vives démonstrations de tendresse par sa cousine et les quatre petites Mutalion.

Marcilly lui avait sévèrement prescrit de ne pas faire la moindre allusion aux événements qui l'avaient contrainte de quitter Paris. Le poids de la solitude, un peu de neurasthénie, une grande fatigue, ces raisons avaient amplement suffi à la cousine Mutalion, qui mit aussitôt à la disposition de Jeanne sa sensibilité agissante, l'étourdit de paroles, de conseils et de caresses...

Une journée passa, et celui ou celle que Marcilly désignait par cette expression, le sieur X..., ne se rappela point à son souvenir. Elle n'avait d'ailleurs pas eu le temps de penser à lui. Ses petites cousines lui en ôtaient tout loisir. Les rires incessants de Noémie secouaient et brouillaient ses pensées.

Françoise avait voulu lui montrer quels instincts de grimpeur vivaient en elle : elle était montée dans un sapin, dans un tilleul, avait presque atteint le panache d'un peuplier, tandis que Jeanne, inquiète de voir la gamine se balancer, suspendue aux branches flexibles, lui criait de redescendre.

Quant à Blanche, un intarrisable flot de paroles, accompagné d'une gesticulation excessive, coulait de ses lèvres.

Rosine parlait moins que Blanche et riait moins que Noémie, mais elle avait essayé de faire partager à Jeanne sa gourmandise pour la fleur du géranium, la résine du sapin, les sauterelles noires.

Un jour encore coula. Jeanne dormait paisiblement. Elle reçut des lettres de Paris. C'était Louise Virid qui allait les prendre chez elle et se chargeait de les lui faire parvenir. Le sieur X... n'écrivait plus. Elle trouva une lettre de Jacques et un mot de son notaire qui avait reçu la visite de Ladvocat et lui assurait que ses propositions relatives aux intérêts de sa cliente dans le cabinet d'affaires étaient avantageuses et empreintes de la plus rare générosité.

Une semaine s'acheva et le sieur X... ne faisait plus parler de lui.

Elle écrivit à Marcilly une lettre débordante de gratitude.

Une femme nouvelle se dégageait d'elle-même. Tout le passé s'ensevelissait derrière les arbres de la forêt de Fontainebleau. Elle se sentait allégée du poids de ses souffrances oubliées. Sa jeunesse se fiançait au bonheur.

Les années grises de son mariage, cette quinzaine d'angoisses stupides, dont un jour elle aurait la clef, tout cela était effacé. Et la vie s'ouvrait devant elle dorée, lumineuse et parfumée comme le bel été qui magnifiait le parc de la cousine Mutalion.

Au bout du neuvième jour, cependant, une ombre menaçante effleura le front de Jeanne.

Une amie de campagne vint voir Mme Mutalion.

— Mme Musaraye demande si madame peut la recevoir...

— Mais oui, mais oui, répondit gaiement la cousine. Elle va t'amuser. Figure-toi qu'elle fait du spiritisme... Elle correspond avec son mari... Il lui écrit... Elle l'entend marcher, la nuit... Tu verras, c'est très drôle... Moi, ça m'amuse beaucoup...

Mais un froid glacial entrait au cœur de Jeanne, comme une lame mortelle.

VII

OU L'OBSESSION REPARAIT

Madame Musaraye était molle et replète. Des copeaux gris encadraient son visage aux joues vineuses. Ses petits yeux jaunes brillaient sous l'auvent des sourcils, comme une lanterne dans une niche.

Elle montrait des prétentions à l'élégance et s'habillait jeune. Avec sa jupe courte de toile blanche trop courte, avec sa jaquette ouverte sur une blouse de broderie, cette grosse dame déguisée en fillette dégageait un comique caricatural.

A peine présentée à Jeanne, elle s'écria, en agitant un papier :

— Je viens vous montrer la dernière lettre de Paul !...

— Mme Musaraye, expliqua la cousine Mutalion, communique avec son mari, qui est mort il y a cinq ans.

Et Mme Musaraye, inondée d'orgueil, lut cette épître :

« Ma chérie, je voudrais pouvoir cueillir, pour te l'envoyer, une de ces merveilleuses fleurs qui décorent ce monde où je t'attends : non seulement elles embaument, non seulement leur parfum nourrit et réconforte en même temps qu'il réjouit, mais elles font entendre une suave harmonie... Hélas ! la terre est loin de cette heureuse planète où règne un bonheur si parfait... Si ma pensée peut voler vers ici dans l'éclair d'une seconde, il faudrait onze mille années pour que la lumière pût franchir la distance qui sépare nos deux astres.

« Si les corolles chantent comme les oiseaux, les hommes, ici, sont muets comme les fleurs de la terre... Mais cela ne nous empêche pas d'avoir un langage ; au lieu d'être articulé, il est coloré, c'est-à-dire qu'il se manifeste par des vapeurs aux nuances infinies que nous exprimons avec notre haleine, et dont les gradations et les combinaisons se prêtent admirablement à la traduction des pensées les plus subtiles.

« J'ajoute que ces vapeurs restent lumineuses pendant la nuit.

« Quand on souffle sur les feuilles séchées d'un arbres que nous appelons le réveille-matin, parce qu'il donne des fleurs qui font entendre, à l'aurore, un bruit de clochettes, elle dépose des couleurs qui se fixent d'une façon indélébile. Les feuilles réunies du réveille-matin constituent nos livres.

« Ici, point d'animaux.

« Sur la Terre, où tous les êtres s'entre-dévorent, les animaux servent à la nourriture des hommes. Ici, où les effluves des fleurs suffisent pour nous alimenter, leur présence n'est point nécessaire. Tout est harmonie, tout est innocence. Nous ignorons l'égoïsme et la cruauté, car nous ignorons la lutte pour la vie. Point de pauvres ni de riches, point de besoins, point d'argent.

« Je me meus dans l'espace à ma volonté, en agitant légèrement mes bras, reliés au corps par une membrane mince et couverte d'un léger plumage.

« Je te donnerai, dans ma prochaine lettre, d'autres détails sur cette planète où j'habite depuis deux mois — et qui serait pour moi l'éden si tu m'y rejoignais.

« Nous allons procéder ces jours-ci à l'élection de la reine des hommes-volants-à-la-parole-lumineuse, qui a lieu tous les ans.

« Je t'envoie, ma chérie, l'expression de mon indéfectible tendresse par-delà l'espace et le temps.

PAUL MUSARAYE. »

Une tempête d'exclamations salue cette lecture. Noémie poussait des cris térébrants, Blanche piaffait en battant des mains, Françoise proclamait qu'elle voudrait être la reine des Hommes-volants-à-la-parole-lumineuse et grimpait sur le piano pour montrer qu'elle n'était pas loin de savoir voler. Seule, Rosine modérait son enthousiasme : un pays dépourvu de nourritures solides ne disait rien qui vaille à la boulimie de cette fillette. Néanmoins, elle eût été ravie de savourer l'odeur comestible de ces fleurs étranges, comme elle respirait avec délice le fumet des cuisines.

— Mais comment cette lettre vous est-elle parvenue ? demanda Jeanne Vergelle.

— C'est moi qui l'ai écrite sous la dictée de Paul, répondit, imperturbable, Mme Musaraye. Depuis qu'il est mort, j'ai reçu plus de cent communications de lui. Je vous les montrerai : c'est d'un intérêt palpitant ! Pensez qu'il a déjà parcouru sept planètes...

— Crois-tu ! dit Mme Mutalion. Quand on pense qu'il est si difficile de trouver un appartement et que M. Musaraye change de planète comme de chemise !

— Que se passe-t-il, quand votre mari veut vous communiquer ses impressions ? demanda Jeanne.

— Je sens comme une démangeaison dans la main... Une voix me crie que l'heure est venue... Alors, je m'assieds, je prends un crayon, du papier... Une force coule dans mon bras, frémit dans mes doigts, et soudain, ma main s'agite, zèbre le papier de traits impatients, hachés, convulsifs, et, tout-à-coup, ce sont des lettres qui se forment au bout de mon crayon, et ma main court, court, impétueuse, sans que je sache ce que j'écris...

— Comment, vous ne savez pas ce que vous écrivez ?

— Une puissance mystérieuse me possède, conduit ma main... Ce n'est pas moi qui écris, c'est lui, c'est Paul !... Quand la communication est finie, quand il a signé, ma main s'arrête et je subis une grande impression de lourdeur... Je ne pourrais pas écrire une ligne de plus et ma main est pesante comme du plomb... Souvent, je suis accablée de fatigue...

— Et vous êtes persuadée, madame, que c'est bien votre mari qui vous dicte ces lettres, qu'il n'y a pas là un phénomène d'auto-suggestion...

— Comment pouvez-vous dire cela !... Puisque je ne sais pas ce que j'écris... Comment voulez-vous que j'aille imaginer ces descriptions de mondes inconnus ?...

— Enfin, madame, en toute conscience, vous êtes sûre que les morts vivent...

La mort n'est pas, affirma, dogmatique, Mme Musaraye : la vie continue, sous des formes différentes. D'ailleurs, aujourd'hui, personne ne conteste plus la survie. Les plus grands savants, chère madame, admettent l'éternité de la vie, comme ils admettent la réalité des moyens qu'emploient ceux qui ont quitté la terre pour révéler leur existence. Ils certifient les phénomènes de télépathie, de télépsychie, et les hantises, et l'extériorisation de la motricité, et les matérialisations... Et ces gens-là, madame, ces gens-là s'appellent Camille Flammarion, Charles Richet, Crawford, de Rochas, Lombroso, William Crookes, Gustave Gelay.

— Enfin, selon vous, il s'agit de phénomènes contrôlés, irréfutables...

— Je vous en donnerai des preuves éclatantes ! proclama Mme Musaraye, soulevée d'un prosélytisme ardent. Nier, chère madame, nier ces phénomènes étudiés et vérifiés, c'est nier, en bloc, tout ce qui n'est point matériel, tout ce qui nous vient de l'au-delà, c'est nier ces miracles qui sont la base des religions... Puisque j'admets tous les miracles, pourquoi n'admettriez-vous pas les miens ?... Je vous donnerai des preuves, madame, je vous éclairerai, je vous montrerai la vanité des arguties de nos adversaires !... On a tort de ne pas compter avec nous !... Nous sommes la vérité en marche !... Sachez, madame, qu'il n'y a pas de surnaturel. Les hommes vivent dans la nuit, manœuvrés par des forces inconnues. Ces forces inconnues, nous commençons d'en pénétrer les arcanes, et, demain, madame, nous les expliquerons par les lois aussi limpides, aussi évidentes, aussi catégoriques, que celles, par exemple, de la réfraction des rayons lumineux... Ah ! combien de choses qui, comme ces rayons, vous paraissent brisées, et qui sont droites, combien vous semblent anormales, et qui sont normales !

Mme Musaraye s'arrêta, essoufflée. Ses yeux brillaient d'un feu prophétique.

— Votre mari vous écrit, dit Jeanne, mais il pourrait se manisfester autrement...

— Certes.

— Je connais une dame qui a reçu de vraies lettres de son mari mort, des lettres mises à la poste. Elle croyait qu'un mauvais plaisant les lui adressait, mais je me demande maintenant si ce n'était pas en réalité le mari qui écrivait, d'autant plus que cela s'accompagnait de phénomènes extraordiaires : pendules arrêtées à l'heure même de la mort de cet homme, portraits retournés, coups de téléphone...

— Le doute n'est pas possible : c'était bien lui qui écrivait... C'est un homme qui devait souffrir, dont l'esprit restait embourbé dans la matière et ne parvenait point à se dégager... Mais voyez-vous toujours cette dame ?

— Non, elle est partie pour l'étranger et je ne sais où elle se trouve actuellement...

— Cela est tout à fait regrettable... J'aurais été heureuse d'entrer en relations avec elle. C'est la première fois qu'à ma connaissance un esprit se sert du téléphone. Cela exige un ensemble d'opérations compliquées : il fallait que le périsprit, c'est-à-dire ce corps fluide, moule du corps matériel, ce double de nous-mêmes qui apparaît dans les matérialisations, se servit, dans un bureau de poste, d'un appareil téléphonique... Il fallait payer la communication... A moins que ce mari ne se fit directement entendre dans l'appartement, en parlant près du récepteur... Tout est possible, tout !... Songez que William Crookes, le grand chimiste, le grand physicien, a observé des cas de désagrégation de la matière, qu'il a vu une sonnette traverser une muraille, qu'on a obtenu des communications écrites sur un papier enveloppé dans une enveloppe cachetée et enfermée dans un coffret d'acier...

— Ceci expliquerait donc l'envoi des lettres par la poste...

— Tout est possible, je vous le répète.

— Mais alors, il fallait que le mort se procurât des timbres-poste ou des pneumatiques.

— Jeu d'enfant, madame, jeu d'enfant pour un esprit qui peut soulever une lourde table et la maintenir au-dessus du sol pendant un certain temps, qui peut transporter des objets à de grandes distances... Mais si ces questions vous intéressent, madame...

— Oh ! passionnément, madame, passionnément...

— J'ai chez moi toute une bibliographie du problème de l'être, du mystère de la mort, de la Kabbale, de la puissance psychique... Je la mets à votre disposition... Vous y verrez que mes croyances s'appuient sur de solides assises... Malgré les sottes facéties des incrédules, tôt ou tard, elles s'imposeront, péremptoires et fulgurantes ! Elles sont aussi vieilles que le monde : vous les retrouverez dans les Védas, aux sanctuaires hébreux, chez les Romains, dans les Gaules... Les alchimistes et les initiés du moyen-âge poursuivent la tradition, malgré les supplices, les obstacles de toute sorte, et le vingtième siècle annonce le triomphe prochain.

Mme Musaraye n'était plus une vieille dame épaisse, qui s'habillait d'une façon ridicule. Elle était transfigurée. Une sorte de buée lumineuse se répandait sur ses traits. Ses regards inspirés lançaient de courtes flammes. Une âpre éloquence coulait de ses lèvres. Et toute sa personne dégageait cet enthousiasme sacré que devait extérioriser la sybille visitée par le dieu.

Elle apporta les livres chez Mme Mutalion.

Jeanne Vergelle dévora Eliphas Lévy, Boué de Villers, Papus, Stanislas de Guayta, Allan Kardec, Bosc de Vèze, Gabriel Delanne, Léon Denis, Camille Flammarion, Aksakoff, d'autres encore.

Au bout de huit jours, elle était persuadée que le monde était en proie aux invisibles et discernait leur influence dans les plus petites comme les plus grandes choses, allant jusqu'à croire qu'ils dirigeaient la marche du monde moderne, inspiraient, à leur insu, les pasteurs de peuples, nouaient et dénouaient les grands conflits qui déchirent l'humanité.

Elle avait perdu le sommeil.

Ses nuits étaient traversées d'horribles cauchemars.

— Mme Musaraye a fait un beau coup de te prêter tous ces livres-là ! soupirait la cousine Mutalion. Moi, je n'ai jamais voulu y mettre le nez. J'aime beaucoup Mme Musaraye; elle m'amuse avec ses histoires de revenants et elle ne ferait pas de mal à une mouche, mais, entre nous, je la crois un peu piquée. Vois-tu, il y a des choses qu'il ne faut pas chercher à approfondir. Il n'est pas bon, pour les vivants, de vouloir connaître le secret des morts. Il sera toujours temps de l'apprendre... Que ce soit le plus tard possible ! Contentons-nous de vivre, de faire notre petit bonhomme de chemin, ne compliquons pas la vie, qui est déjà assez compliquée et méchante par elle-même. Tu t'étais reposée, tu étais tranquille et bien portante, et voilà maintenant que tu as la fièvre, que tu trembles de peur toute la nuit... Joli résultat, en vérité ! J'ai invité à dîner ce soir mon vieil ami l'abbé Dumazoult, qui aimait tant mon mari... Il te remettra un peu les idées en place... Tu lui parleras des théories de Mme Musaraye ; tu verras ce qu'il en pense !

L'abbé Dumazoult était un vieillard amène et fin, dont le visage grassouillet exprimait une bonté spirituelle. Il publiait des ouvrages d'érudition. Il aimait la conversation, les idées claires et la chère délicate.

Il conseilla à Mme Vergelle de délaisser la lecture des ouvrages d'occultisme. Il ne désapprouvait point qu'on étudiât l'hypnotisme ou la télépathie, mais il entendait que ce fussent les seuls savants qui s'occupassent de ces recherches si complexes, qui ne devraient être rendues publiques qu'après avoir acquis une valeur scientifique inattaquable.

Bien des phénomènes rapportés par William Crookes et les autres vedettes des explorations métapsychiques ne s'étayaient point sur des preuves suffisantes. Combien de médiums avaient été pris en flagrant délit de supercherie ! Pourquoi donc les séances avaient-elles presque toujours lieu dans l'obscurité ? Il fallait entendre l'autre son de cloche, lire les ouvrages de ceux qui avaient contrôlé, douté, réfuté : Gustave Le Bon, Gaston Danville, Paul Heuzé... Le plus simple, c'était de se tenir prudemment à l'écart de ces controverses, où les plus malins perdaient pied. Ce n'était pas impunément que l'on voulait scruter le mystère de la mort, que

Au bout de huit jours elle était persuadée que le monde était en proie aux invisibles (p. 17).

l'on s'engageait dans ces redoutables ténèbres, sur un sol mouvant et traître... L'entreprise était dangereuse pour la raison humaine...

— Ici, dit la cousine Mutalion, depuis que Mme Musaraye a apporté ces satanés livres, tout est détraqué... Mes filles sont tombées sur ces ouvrages et, depuis, elles voient des revenants partout...

— Quelle imprudence, chère madame, de laisser de tels livres dans les mains des enfants !

— Si vous croyez qu'on fait ce qu'on veut, avec quatre dissipées comme ça !

— Oh ! monsieur l'abbé, s'écria Noémie, c'est si amusant !... Hier, toute la journée, on a joué aux esprits... Cachée sous une table, Blanche a fait peur à la cuisinière...

— Mes enfants, dit l'abbé Dumazoult, ce sont là des choses sérieuses, avec lesquelles il ne faut pas plaisanter... C'est très mal, ce que vous avez fait là... C'est presque un blasphème... Et n'hésitez pas, chère madame, à faire reporter demain matin chez Mme Musaraye ces ouvrages dangereux pour vos demoiselles...

Quelques jours passèrent.

Mme Vergelle recouvra un peu de calme.

Elle songeait à rentrer à Paris. Elle s'ennuyait cruellement de Jacques Miroulier et mesurait, par la vertu de cette séparation, la profondeur de son amour.

Puisque les phénomènes qui l'avaient rendue si malheureuse à Paris ne se reproduisaient point à Bois-le-Roi, où Jacques seul connaissait son exil, c'est que Ladvocat, comme l'avait cru tout d'abord Marcilly, était le metteur en scène de la macabre comédie qui l'avait persécutée.

S'il fallait écarter toute intervention occulte, le danger était beaucoup moins grand. Si nous sommes entourés d'êtres malévoles et invisibles, il est bien difficile de lutter contre eux, mais les plus adroites machinations des vivants finissent, à la longue, par être déjouées.

Jeanne s'en irait avec Jacques Miroulier dans quelque coin de Provence où ils se cacheraient, en attendant que ses affaires fussent liquidées et qu'elle put se remarier.

Mais, l'avant-veille du jour fixé pour son départ, en entrant dans sa chambre pour se coucher, elle vit une photographie au milieu de l'oreiller.

Elle s'approcha, le cœur sautant à grands coups dans sa poitrine.

C'était la photographie de Louis Vergelle, avec sa barbe rectiligne et sa calvitie miroitante.

Elle courut à la chambre de sa cousine et frappa.

— Ouvre, ouvre vite !...

— Que me veux-tu ma chérie ?... Tu es toute retournée...

— Il y a de quoi !... Voici ce que je viens de trouver sur mon oreiller : une photographie de mon mari !

— Ça, par exemple, c'est un peu fort !

— Et je te jure que je n'en avais pas apporté !

— Mais c'est de la magie !

— Oui, c'est de la magie !... Les invisibles nous dominent, nous sommes leurs jouets et leurs victimes !... Mme Musaraye a raison !... Ah ! tu ne sais pas qu'elle est ma vie, depuis quelques semaines...

Jeanne entendit comme un rire étouffé, aigre et sardonique.

— Tu as entendu ce rire ? demanda-t-elle.

— Oui, je l'ai entendu, répondit la cousine en serrant contre soi, dans ses bras tremblants et glacés, le corps de Mme Vergelle, comme pour chercher une protection dans cette étreinte.

Et Jeanne conta à Mme Mutalion l'affreuse obsion dont elle était terrifiée, depuis la mort de son mari. Elle ne lui cela rien, lui avouant qu'elle aimait Jacques Miroulier, que Jacques était son amant depuis longtemps...

Désormais, il n'était plus possible d'attribuer ces phénomènes à la jalousie ou à la cupidité de Léon Ladvocat.

Certes, il était fort plausible qu'il possédait un portrait de Louis Vergelle, mais il ignorait la retraite de Mme Vergelle.

— Et, naturellement, demanda Jeanne, tu n'avais point de portrait de mon mari ?

— Je ne crois pas... D'ailleurs, je vais regarder dans mes albums... On verra bien si une case est vide... Normalement, ce portrait devrait être à côté du tien...

La vérification fut faite. Il y avait bien un portrait de Louis Vergelle, mais il était à sa place, à côté de ceux de sa femme. Point de case vide, point d'interruption.

— Il aurait pu prendre ce portrait dans l'album et le déposer sur le lit... Mais non, il l'a apporté de Paris, à travers l'espace... Il est tout puissant... Je suis perdue... Il va me séparer de Jacques... Ah ! c'est affreux, ma chérie, c'est atroce, de se sentir la proie d'un ennemi invisible, à qui l'on n'échappera point, qui vous guette dans les ténèbres, qui a toutes les puissances démoniaques à son service...

Le lendemain, comme Jeanne essayait en vain de trouver le sommeil, on frappa trois petits coups à sa fenêtre, qu'elle avait laissée entr'ouverte sur une laiteuse nuit d'été...

Et un fantôme parut, un fantôme enveloppé dans un suaire adorné d'une grande barbe sombre et tirée au cordeau, toute semblable à la barbe de Louis Vergelle.

Il salua trois fois, éclata d'un rire insolent, d'un rire vainqueur, d'un rire qui la souffleta d'une juvénile effronterie, mais il s'effondra en plongeant.

VIII

Le cachet tragique

Jeanne avait fui Bois-le-Roi comme on fuit une maison en flammes. En sortant de la gare de Lyon, elle s'était fait conduire à l'agence Lynx.

Marcilly en était absent, mais elle y avait trouvé le calme et précis Joseph Prick.

Et elle s'était écriée, la voix transie, les yeux hagards :

— Monsieur, je suis perdue !... Sauvez-moi !... Ma tête éclate, ma raison vacille... Je n'ai plus la force de lutter... Si cela doit continuer, je mettrai fin à mes jours... ou j'irai me jeter aux pieds de M. Ladvocat... Je lui dirai : « Si c'est vous qui me persécutez, ayez pitié de moi !... Je n'en peux plus... Je suis vaincue... Faites de moi ce qu'il vous plaira, mais ne me rendez pas folle !... »

— Voyons, chère madame, apaisez-vous, je vous en conjure, répondit Joseph Prick avec flegme, en étirant d'une main sage ses favoris pointus et roux comme de longues carottes. De la méthode, madame, de la méthode !... Ne vous jetez pas dans de pareilles abîmes de surexcitation ! Ça n'avance à rien et cela vous ôte tout contrôle sur vous-même et sur les autres...

— Je voudrais vous voir à ma place !...

— A votre place, chère madame, j'adopterais ce principe et m'y cramponnerais : il n'y a pas de surnaturel. Il y a un monsieur ou une dame qui se divertit à vous jouer des tours et qui se fera pincer un jour ou l'autre... Nous sommes peut-être au seuil de l'énigme... Nous en avons résolu de plus obscures et de plus entortillées... Voyons, vous nous aviez écrit que vous aviez reconquis la quiétude... Que s'est-il passé ?...

— Ce qu'il s'est passé !... Celui qui me poursuit, que ce soit mon mari, que ce soit Ladvocat, que ce soit une puissance maléfique...

— Encore une fois, chère madame, formula Joseph Prick avec un calme exaspérant, enfoncez-vous bien dans la tête qu'il n'y a pas de surnaturel... Appelons le pernicieux individu qui vous joue ces tours de mauvais goût le sieur X..., mais proclamons, comme un dogme infaillible : le sieur X... est un individu en chair et en os, comme vous et moi...

— Nul ne savait que j'étais à Bois-le-Roi, monsieur Prick, personne...

— Si, chère dame, vos cousines...

— Vous n'allez pas soupçonner mes cousines, j'espère ?

— Je ne soupçonne personne, madame, j'enregistre un fait: quelqu'un savait que vous étiez à Bois-le-Roi, vos cousines d'abord, puis M. Miroulier, Mme Virid, nous-mêmes... Ça fait bien du monde... Continuez...

— Soudain, après ce mirage d'une trêve hypocrite, où mon tourmenteur ne m'accordait quelque répit que pour m'accabler avec plus de barbarie, je me suis retrouvée sous les griffes de mon bourreau... Il avait joué avec moi comme le fauve avec sa proie...

— Le fauve !... Je vous en prie, vous lui faites trop d'honneur... Appelez-le simplement le sieur X...

— Bref, j'ai découvert un portrait de mon mari sur mon lit, et le lendemain, monsieur, mon mari lui-même apparaissait à la fenêtre de ma chambre...

— Lui-même ?... Vous l'avez reconnu ?...

— Oui, monsieur, son visage s'allongeait d'une barbe rectangulaire et il riait d'un rire méchant... Ah ! ce rire est resté dans mes oreilles !... Il était agressif, il était cinglant, il était vigoureux, il vibrait d'une force jeune et claironnante... On aurait dit le rire d'un enfant cruel, qui vient de détruire un nid ou qui a fait souffrir une bête...

— Un rire d'enfant ?...

— De jeune homme, si vous voulez...

— Tiens, tiens, le sieur X... rajeunit... Mais, chère madame, ce rire-là ne ressemblait-il point à celui de vos jeunes cousines ?

— Oh! monsieur, quelle abominable suspicion!... Ce n'est pas seulement abominable, c'est stupide, ça ne tient pas debout!... Ce n'étaient tout de même pas mes cousines qui me téléphonaient, qui m'envoyaient des pneus, qui retournaient les tableaux, qui peuplaient mon appartement de bruits, de menaces, de présences !... Elles étaient à Bois-le-Roi et moi à Paris !... Vraiment, c'est par trop facile, quand on ne peut arriver à éclaircir un mystère, d'accuser au petit bonheur des enfants dont tout atteste et garantit l'innocence !...

— Encore une fois, chère madame, je n'accuse personne...

— Mais vous accusez tout le monde !

— Je sais fort bien que vos cousines ne sont pour rien dans les manifestations de Paris... Je suis persuadé qu'il y a neuf cent quatre-vingt-dix-neuf chances sur mille pour qu'elles soient étrangères à celles de Bois-le-Roi, mais je cherche des indices dans l'ombre, je guette, j'épie, je déduis, et je ne dois mépriser aucun épisode, négliger aucune coïncidence... C'est quand j'aurai formé et rejeté beaucoup de conjectures que je saisirai la vérité. Il y a un fait, chère madame, c'est que le sieur X... a trouvé des alliés ou des complices à Bois-le-Roi : nous ferons une enquête sur place et nous les prendrons peut-être la main dans le sac...

— Voyons, monsieur, nous adoptons l'un et l'autre un point de départ très différent. Nous n'arriverons jamais à nous rencontrer... Vous voulez absolument que des phénomènes que l'intelligence humaine ne peut pas expliquer, où tout est sibyllin et abstrus, soient produits par des causes naturelles...

— Je ne crois pas à la magie, chère madame...

— C'est agaçant à la fin !... Si le sieur X... existe, s'il respire, s'il est visible et tangible, démasquez-le !... Si vous ne le découvrez pas, c'est que le sieur X... est une créature qui se moque des hommes, qui possède un pouvoir occulte, élaborant des enchantements que rien ne pourra conjurer !... Ah ! je me sens captive de sortilèges dont je ne m'évaderai jamais !... Je suis lasse d'avoir peur, lasse d'être torturée... Délivrez-moi de ceux qui me harcèlent, de ceux qui ont juré ma perte, montrez-moi que c'est vous qui avez raison !... Moi, je n'ai plus de force, moi, je suis vaincue et prête à tout pour échapper à ce féroce cauchemar...

Et Jeanne Vergelle, le visage inondé de larmes, les mains jointes, offrait une attitude de suppliante.

Devant ce flux de douleur, Joseph Prick se dépouilla de son impassibilité.

Sa voix s'amollit, ses doigts s'agitèrent, une onde d'anxiété blêmit et creusa ses traits que figeaient d'habitude une méthodique imperturbabilité. Et ses grands favoris roux, pareils à une enseigne de bureau de tabac sur ses joues sèches comme pierraille, ses rigides favoris eux-mêmes palpitèrent.

Il sonna. Un valet parut. Joseph Prick se précipita à sa rencontre.

— Dites à Mlle Harvette, si elle est ici, de venir tout de suite...

— Elle est ici, monsieur Prick...

— Alors, vite, vite...

Et dès que Mlle Harvette fut présente :

— Mademoiselle, faites passer madame dans le cabinet du patron... Mme Vergelle arrive de Bois-le-Roi terrifiée... Après une période d'éclaircie, les facéties du sieur X... recommencent de plus belle... Consolez Mme Vergelle, remontez-la, c'est beaucoup plus votre rayon que le mien...

Mlle Harvette entraîna Jeanne dans le bureau tendu de moire gris de lin du directeur de l'agence Lynx.

Lucie Harvette nourrissait une sympathie active et tendre à l'égard de Mme Vergelle. D'avoir été durement meurtri par l'égoïsme et le mensonge masculins, le cœur de la jeune fille ne s'était point fermé : il s'ouvrait tout entier à ses sœurs douloureuses.

Depuis le départ de Jeanne, elle n'était pas restée inactive. Marcilly qui lui avait donné la mission de surveiller Ladvocat plus étroitement que jamais, posait ce dilemme : « Ou Ladvocat est le sieur X..., et il marquera, en voyant sa proie lui échapper, un désappointement acrimonieux, tandis que Mme Vergelle sera délivrée ; ou Ladvocat n'est pas le sieur X..., et rien ne sera changé, ni dans sa façon d'être, ni dans les machinations de l'exécrable fumiste qui mystifie Mme Vergelle. »

Mlle Harvette avait d'abord incliné à écarter la culpabilité de Ladvocat. Elle se demandait si, en présence du caractère fabuleux et complexe des faits observés, auxquels l'associé de M. Vergelle paraissait souvent étranger, il ne fallait pas admettre l'intervention des invisibles.

Elle reprit son enquête en essayant d'oublier ses premières impressions.

La beauté, les souffrances de Mme Vergelle la rendaient à ses yeux touchante et sacrée. Une jeune femme si douce, si fine, si sincère, faite pour comprendre et pour goûter la vie dans toutes ses nuances et toutes ses inflexions, un être, enfin, dédié à l'amour et à l'harmonie, en proie à la plus abominable, à la plus lâche des conjurations!...

Il fallait sauver cette victime désarmée.

Mlle Harvette s'était rendue de nouveau aux bureaux du Contentieux international, où elle s'était donnée pour une veuve récente dont un ascendant processif veut faire liquider les biens par autorité de justice. Elle avait prétexté qu'elle attendait, pour signer l'engagement réclamé par le Contentieux, le retour de son père. Elle vint annoncer que ce père était rentré de voyage. Elle eut beaucoup de peine à voir Ladvocat lui-même. Elle dut attendre longtemps et insister immodérément.

Lui qui lui avait fait quelque peu la cour, qui s'était montré galant, empressé, il la reçut froidement, sans même la faire asseoir, s'excusant à peine et l'envoyant à l'étique Florian Lavertu, roux comme Joseph Prick, mais dépourvu de favoris. Frisé comme un mouton, il arborait un nez proéminent qui accentuait sa ressemblance avec cet herbivore, un stupéfiant nez polychrome, qui passait d'une racine bleuâtre à un pédoncule grivelé, pour finir en fanfare sur des narines zinzolin, un nez qui mêlait à sa morgue légumière la gloriole d'un lampion de quatorze juillet...

Une bouche lippue et de mobiles yeux de chèvre complétaient l'impression d'animalité qui se dégageait de cette physionomie.

— Voilà un gaillard, pensa Mlle Harvette, que le beau sexe ne doit pas laisser indifférent et qui doit causer des ravages dans le cœur des boniches de son quartier...

Elle se montra fort aimable, presque provocante.

— Ah ! monsieur, dit-elle, moi qui ai eu tant d'ennuis étant mariée, me voir sous le coup d'une pareille menace !

— Nous interviendrons, madame, nous interviendrons...

— Mon père m'a dit que je pouvais avoir toute confiance en vous... Je tiens à mes meubles, monsieur... J'ai assez travaillé pour les avoir... Quand je pense que mon mari mangeait tout ce qu'il gagnait aux courses et en bombances avec de vilaines femmes!

— Il vous trompait, une charmante petite femme comme vous !

— Et avec des laiderons, monsieur !

— Naturellement ! Il aurait bien mérité, votre mari, que...

— Ah! oui! soupira Mlle Harvette. Il me délaissait complètement... Et c'est dur, quand on a mon âge et qu'on n'est pas plus mal que les autres...

— Quand on est même beaucoup mieux que les autres... Vous ne deviez pas manquer de soupirants...

— J'avoue que je n'en manquais pas... Mais, malgré tous ses défauts, j'aimais encore mon mari et les soupirants en étaient pour leurs frais...

— Cornélien, madame, c'est cornélien ! Mais vous n'avez pas le droit de vous sacrifier ainsi ! Ce serait un crime de lèse-nature. La vie vous doit une revanche, une revanche éclatante...

— Je me dis cela quelquefois... Oh ! je ne demande pas l'impossible, mais je voudrais être un peu heureuse... je suis femme... Je voudrais vivre, oublier, rattraper quelques bribes de temps perdu, du bonheur gâché...

Une minute plus tard, Florian Lavertu invitait Mlle Harvette à dîner et elle acceptait, après quelques simagrées doucereuses.

Il avait rêvé de l'entraîner dans un cabinet particulier. Elle lui remontra que, tant pour un premier rendez-vous qu'en raison de son deuil, cette prétention était excessive. Plus tard, bientôt, peut-être, elle se laisserait fléchir...

Florian Lavertu, qui avait escompté une victoire immédiate, but sans modestie pour maquiller sa déception. Mlle Harvette emplissait son verre, se montrait câline, prometteuse. Florian Lavertu fut bientôt gris.

— Votre patron ne m'a pas très courtoisement accueillie, l'autre jour, insinua-t-elle quand elle le sentit suffisamment à point. Il avait un air bizarre...

— Vous savez, en ce moment, il est, comme l'on dit, de mauvais poil... Il est nerveux, soucieux, distrait... Je me doute bien un peu de ce qu'il peut y avoir...

— Des affaires d'argent, sans doute... Quand quelque chose ne va pas, c'est ce qu'il faut chercher d'abord...

— Il n'y a pas que les affaires d'argent... Dame, la mort de son associé lui a porté un coup... Il y a une veuve et il lui doit une somme rondelette... Et, quand il s'agit de sortir de l'argent de la caisse, vous savez, celui-là !... Enfin, dans les affaires, on a des hauts et des bas... Le patron avait placé des capitaux dans je ne sais quelle histoire de moteurs... Ça devait donner des résultats magnifiques... L'inventeur des moteurs, qui devaient révolutionner l'automobilisme, est allé faire une petite excursion en Belgique... Il ne parle pas de revenir... Il y aurait un moyen d'arranger les choses : ce serait, je vous dis ceci entre nous...

— Je suis discrète comme la tombe...

— Ce serait que le patron épousât Mme Vergelle... Plus rien à rembourser... Vous comprenez ?... Ça lui irait d'autant mieux, au patron, qu'il est très amoureux de Mme Vergelle... Seulement, voilà, Mme Vergellle a un amant !...

— Oh ! Mme Vergelle !... Alors, son mari avait bien raison de la tromper !...

— C'est lui qui a commencé... Il en a mené une vie de bâton de chaise, celui-là !

— Mais comment savez-vous que M. Ladvocat voudrait épouser Mme Vergelle et que Mme Vergelle a un amant ?...

— On a le flair... Entre nous, tout ça, hein ?... Si le patron se doutait que j'ai lâché un mot, un seul, il pourrait m'en cuire... Il est violent, le patron, et quand il veut quelque chose, il faut qu'il l'ait ! Il marcherait sur son père, sur sa mère, il briserait tout, mais il faut que sa volonté triomphe, quand il s'est bien enfoncé son désir dans la tête et dans la peau... Il s'est dit qu'il aurait Mme Vergelle, il l'aura!... Il usera de tous les moyens, de tous... Ah! ce n'est pas toujours drôle d'être le bras droit d'un homme comme celui-là...

— Il voudrait sans doute que vous servissiez ses inclinations sentimentales, ses convoitises amoureuses, comme vous défendez ses intérêts commerciaux...

— Il voudrait... Il faut dire : « Il veut »... Mais pourquoi me demandez-vous cela, pourquoi ?... Je n'ai pas le droit de parler... Je n'ai rien à vous dire... Rien... Secret professionnel...

Florian Lavertu s'était ressaisi. Mlle Harvette n'avait pu en tirer un mot de plus. Il repoussait sa coupe, épouvanté d'une confidence qu'une demi-ivresse lui avait arrachée, grisé par le remords de son indiscrétion.

Mlle Harvette lui avait fixé un autre rendez-vous, auquel elle ne s'était point rendue.

Les indices qu'elle avait recueillis étaient suffisants pour proposer de nouvelles disquisitions à sa sagacité.

Son avis sur Ladvocat s'était modifié.

Elle était maintenant persuadée et qu'il tirait des ficelles de la tragi-comédie qui se déroulait en l'honneur de Jeanne Vergelle et que Florian Lavertu lui apportait sa collaboration.

L'absence de toute manifestation à Bois-le-Roi corroborait cette opinion. Et voilà que ce refuge inconnu de Ladvocat devenait à son tour le théâtre des fantaisies du sieur X...!

Mlle Harvette se fit conter ses dernières brimades chez la cousine Mutalion.

A moins qu'un miraculeux hasard n'eût révélé à Ladvocat l'asile de Mme Vergelle, à moins que le coupable ne fût Jacques Miroulier — mais dans quel but ? — les farces macabres de Bois-le-Roi ne pouvaient être imputées à Ladvocat.

Et comme il ne pouvait y avoir deux personnes à ordonner semblable imbroglio, Ladvocat était innocent.

Qui était le sieur X..., alors ?

Louis Vergelle lui-même ?

Ou le diable en personne ?

Ou encore, dernière hypothèse, un Ladvocat qui eût conclu un pacte d'alliance avec les puissances des ténèbres, un Ladvocat adepte du grand art, habile aux incantations et aux sortilèges, docteur ès-magie noire ?

Dans cette hypothèse, Mme Vergelle était perdue : elle irait à Ladvocat comme l'oiseau fasciné va au serpent...

Mais non, il ne fallait pas s'arrêter à cette idée, il fallait répéter avec Joseph Prick : « Il n'y a pas de merveilleux, il n'y a pas de revenants, il n'y a que des phénomènes naturels. »

Et Lucie Harvette, se jetant au coup de Mme Vergelle, l'embrassant avec effusion, lui dit d'une voix chaleureuse :

— Oui, il y a des signes étranges dans tout cela, oui, nous nous débattons en pleine kabbale, en pleine thaumaturgie !... Mais tout s'expliquera, tout s'éclaircira, je vous le jure, et vos persécuteurs seront confondus !

— Qu'ils soient vite confondus, car la folie me guette..

— Je ne vous quitte plus... Nous allons rentrer chez vous ensemble... Personne ne vous attend... Nous verrons bien ce qui va se passer...

Un taxi les emmena rue de Passy.

Maria manifesta une joie loquace et familière au retour de sa maîtresse. En vieille domestique qui a acquis le droit d'être franche, elle la gronda doucement d'être partie sans prévenir.

— Il le fallait, Maria... Le médecin l'avait ordonné... Et alors, pendant mon absence, tout a été calme.

— Parfaitement calme... D'ailleurs, madame a eu des nouvelles de Madame Virid... Rien de neuf, si ce n'est que la cuisinière est partie, comme madame doit le savoir... Elle mourait de peur...

A peine ces mots étaient-ils prononcés qu'un rectangle de papier se détachait du plafond, tournoyait lentement, comme une feuille morte, et glissait à terre.

Angoissée, Jeanne le ramassa. C'était une photographie, une grande photographie où un homme qui avait la physionomie de son mari, et qui était enveloppé d'un suaire — un homme tout pareil au fantôme de Bois-le-Roi — serrait à la gorge un personnage qui montrait les traits de Jacques Mirou lier...

Et cette photographie était signée d'une tête de mort sigillée des initiales du mari : L. V.

— Ce n'est pas la première fois, dit Mlle Harvette, qu'on voit une photographie truquée...

— Mais ce qui est stupéfiant, remarqua Jeanne, c'est que cet homme, sur cette photographie, ressemble exactement au fantôme qui est venu frapper à ma fenêtre, à Bois-le-Roi...

— Oui, cela est prodigieux, en effet, répondit lentement Lucie Harvette. Cette coïncidence est plus inquiétante, plus troublante que cette photographie par elle-même...

— Je ne veux pas rester ici... J'ai peur, supplia Jeanne, emmenez-moi, mademoiselle Harvette, ayez pitié...

— Je vous ai dit que je ne vous quitterais pas...

Maria maugréait. Elle ne voulait plus coucher seule dans une maison hantée.

— Maria, je ne vous retiens pas, dit Mme Vergelle. Je vous donnerai une indemnité convenable...

La femme de chambre s'empressa d'ajouter qu'elle resterait malgré tout, pour madame. Jeanne lui ordonna de lui préparer du linge.

Maria disparut pendant quelques secondes pour reparaître avec une figure bouleversée. Elle tenait dans ses mains des mouchoirs, un pantalon, un cache-corset.

— Madame, c'est épouvantable !... Tout votre linge est marqué d'une tête de mort !... Regardez vos mouchoirs, votre linge de corps... Partout cette tête de mort, même sur les draps, les serviettes... Et cela n'existait pas hier...

Jeanne Vergelle regarda ses mouchoirs, froissa le linon de la lingerie intime : partout s'étalait, horrible menace, une tête de mort pareille à celle qui signait la photographie tombée à ses pieds, une tête de mort accompagnée des initiales L. V.

IX

L'AGENCE LYNX DÉLIBÈRE

JACQUES Marcilly s'était absenté pendant deux jours pour éclaircir une histoire de vol de collier qui eût été de la dernière banalité, si, au rebours de ce qui s'observe habituellement, sa cliente n'eût redouté que la presse n'épiloguât sur sa mésaventure. Elle était mariée et ne tenait point à laisser apprendre à son époux par les gazettes qu'elle flirtait éperdûment avec un jeune homme aux yeux de gitane et à l'accent indéfinissable, d'une nonchalance étudiée et d'une élégance quintessenciée. Contraint par Marcilly à restituer les perles de l'imprudente, il avait quitté discrètement Deauville pour aller exercer vers d'autres dancings ses talents de joli filou.

Mis au courant, dès son retour, des dernières manifestations du sieur X..., Marcilly avait réuni sans tarder une manière de conseil de guerre, qui comprenait Joseph Prick, Mlle Harvette et John White.

John White avait été appelé à cette consultation parce qu'il avait été, le premier, chargé de filer Ladvocat. Il avait jadis reçu la mission, en Angleterre, de percer l'énigme d'une maison hantée. On le regardait un peu comme le spécialiste des affaires où le mystérieux intervenait.

L'avis qu'il apporta n'était pas encourageant.

— Si vous voulez que je vous parle franchement, déclara-t-il, nous nous trouvons en face de phénomènes certainement surnaturels. C'est un fait qu'il faut admettre.

Mais Joseph Prick, tirant sur ses favoris carotte, resservit sa formule avec conviction :

— Il n'y a pas de surnaturel.

— C'est plus facile à dire qu'à prouver. Mais, écoutez-moi sans trop m'interrompre, mon cher ami. Nous ne partageons pas la même opinion, en ce moment, à dix heures vingt du matin... Mais, à onze heures moins le quart, vous pencherez peut-être de mon côté...

— Il ne peut pas y avoir de surnaturel ! répéta Joseph Prick, têtu.

— Voyons, mon cher, intervint Marcilly, la parole est à notre ami John White.

— Bien que j'aie abandonné cette affaire de vengeance posthume, en laissant à d'autres la gloire de découvrir le dernier mot de cet imbroglio apocalyptique, j'ai continué, pour mon plaisir personnel, et pour l'amour de l'art, à m'occuper, dans la coulisse, des faits ou plutôt des méfaits du sieur X...

— Vous êtes un petit cachottier, White, coupa Mlle Harvette.

— Nous le sommes tous peu ou prou, dans le métier. J'ai eu l'idée de rechercher quels avaient été les précédents locataires de l'appartement de Mme Vergelle, rue de Passy. Et j'ai fait cette découverte : à savoir que la personne qui l'occupait avant que les Vergelle vinssent s'installer s'y était suicidée...

— Et qu'est-ce que ça prouve ? lança Joseph Prick.

— Dans beaucoup de cas de maisons hantées, il y a un suicidé à l'origine. C'est une croyance généralement admise par les peuples spiritualistes que les gens qui ont commis l'homicide sur eux-mêmes expient cruellement. Ils se rappellent au souvenir des vivants comme ils peuvent, ils réclament des prières... Ou encore, devenus inexorablement méchants, ils cherchent à se venger de leurs propres souffrances en faisant pâtir autrui...

— Mais pourquoi voulez-vous que le prédécesseur de Mme Vergelle se plaise à la tracasser ainsi ? demanda Jacques Marcilly. Et pourquoi ne le ferait-il que depuis si peu de temps ? Il aurait pu commencer quand son mari vivait...

— Attendez, attendez... Je n'ai pas tout dit... Savez-vous pourquoi cet homme, qui s'appelait Horizet, savez-vous pourquoi il s'est suicidé ?... Il s'est suicidé parce que sa femme le trompait...

— Et vous en concluez peut-être, lança Joseph Prick, avec une ironie glacée, que tous ceux qui habiteront au quatrième étage, dans cet appartement du 164 de la rue de Passy, seront inéluctablement trompés...

— La question n'est pas là... Cependant je pourrais vous citer un appartement de Paris dans une belle avenue placée entre le Trocadéro et l'Etoile, qui reste vide malgré la crise des logements, car on sait que tous ceux qui l'occupent périssent de mort violente au bout de quelques mois... Et cela après trente ans que la maison est construite...

— Pure coïncidence !... jeta Joseph Prick. On a vu le rouge sortir dix-sept fois de suite.

— Ne plaisantez pas. Cet appartement a été habité par un de mes amis, un fanfaron qui se targuait de ne croire à rien. Au bout de quelques semaines, il s'est fait broyer par l'ascenseur... Mais revenons à nos moutons, des moutons un peu enragés, d'ailleurs... Si Horizet ne s'est pas manifesté du temps de M. Vergelle, c'est que la présence de celui-ci le gênait... Mais M. Vergelle meurt... Ces deux êtres, ces deux fantômes, plutôt, se rencontrent, se content leurs déboires... Ils sont là, enchaînés aux lieux où ils ont gravi leur calvaire terrestre... Ils endurent maintenant un nouveau martyre, murés dans leurs souvenirs... Leurs rancœurs s'exacerbent et ils s'associent pour combiner cette vengeance si merveilleusement ordonnée et que j'admire — tout en l'exécrant — à l'égal d'une œuvre d'art...

— Cela, monsieur White, je vous le concède : c'est du bel ouvrage...

— Observez que les phénomènes sont de deux sortes : les uns qui se passent rue de Passy, les autres qui sont tout intérieurs : il y a ces lettres, ces pneus, ces coups de téléphone... Ajoutez-y les interventions de Bois-le-Roi... Vous avouerez qu'ils ne sont pas trop de deux acteurs pour jouer pareille comédie !...

— Très sérieusement, mon cher White, demanda Marcilly, vous admettez que les phénomènes que nous attribuons à celui que notre impuissance appelle le sieur X... peuvent être causés par feu Vergelle, assisté de feu Horizet ?

— Il faut bien l'admettre, puisque nous sommes en présence de péripéties où nous relevons indubitablement le concours des invisibles...

— Vous allez peut-être me trouver un peu « rasant », dit Joseph Prick, mais je ne me lasserai pas de vous répéter qu'il ne peut pas y avoir de surnaturel... Parce qu'on n'arrive pas à approfondir un problème, jeter le manche après la cognée en disant : « C'est la faute des invisibles », voilà, vous me permettrez de vous le dire, un procédé trop sommaire...

— Vous ne parleriez pas ainsi si vous aviez eu, comme moi, à vous occuper d'une maison hantée... C'était une villa de la banlieue de Londres, louée par un magistrat en retraite, qui l'habitait avec sa femme, ses deux filles, une cuisinière et une femme de chambre. Pendant deux ans, il ne s'y passa rien d'anormal. Puis, tout à coup, on entendit, pendant la nuit, des cris et des plaintes qui semblaient sortir du plancher, l'électricité se rallumait brusquement dans le salon, ou même dans une chambre occupée, les casseroles se décrochaient et se mettaient à danser la sarabande sur les carreaux de la cuisine... Parfois, elles revenaient d'elles-mêmes reprendre leur place au clou où elles étaient pendues... Mais on les retrouvait très bien sur le piano ou dans le cabinet de travail du magistrat, même quand ce cabinet de travail était fermé à clef...

— Alors, elles passaient à travers les pierres des murs, comme un poisson glisse dans l'eau ? demanda Joseph Prick avec un petit rire aigrelet.

— Il faut croire...

— Bien curieux exemple de la désagrégation de la matière, dit Mlle Harvette. Les ouvrages consacrés à l'étude des phénomènes spirites parlent des fleurs qui traversent des glaces, d'objets fragiles qui traversent les molécules d'objets beaucoup plus denses, sans se détériorer, aussi facilement, pour reprendre la comparaison de notre ami Prick, que le poisson glisse dans l'eau...

— Les domestiques ont été remplacés par des policiers. Les abords de la maison ont été surveillés étroitement. La police privée et la police officielle s'en sont mêlées. J'ai couché moi-même pendant quinze jours à la villa. Les facéties ont continué et nous n'avons pas découvert leur auteur. Et voici ce que j'ai vu, moi, John White, vu de mes yeux — vu et senti, d'ailleurs, et rudement senti ! J'étais assis à la table du magistrat. Nous déjeunions. Je me souviens même qu'il y avait un magnifique roastbeef sur la table, entouré de pommes soufflées. Soudain, je vois venir vers moi quelque chose qui sortait du mur, du mur qui était devant moi, recouvert d'un papier à raies... Et je reçois un choc au front, et ce quelque chose, qui n'était autre qu'un fort caillou, tombe à côté du roastbeef... Cette viande était pourtant appétissante, merveilleusement à point, tendre comme une rosée : nous n'avons pu continuer de manger... De guerre lasse, le vieux magistrat a quitté la villa, qui est restée sans locataire... Eh bien, dans cette villa, il y avait eu aussi un suicidé... Concluez !...

— Qu'il y ait des maisons hantées, dit Jacques Marcilly, je n'en disconviendrai pas... De temps à autre, les journaux nous décrivent les fantaisies auxquelles s'y livrent des puissances facétieuses... Si nous avons affaire, chez Mme Vergelle, à une maison hantée, notre science devient inefficace. Mais jusqu'à preuve du contraire, je ne le crois pas...

— Nous ne pouvons pas admettre, fût-ce une seconde, dit l'entêté Joseph Prick, que nous sommes les jouets de forces surnaturelles.

— Mais tout est surnaturel, mon cher ami ! répondit John White. Ce siècle est gouverné par l'électricité : nous lui devons le télégraphe, le téléphone, la T. S. F., la lumière, et tant d'autres choses découvertes où le fluide électrique intervient... Et personne ne sait au juste ce qu'est l'électricité ! Vous admettez qu'un médecin, par le miracle de la T.S.F., puisse ausculter un malade qui se trouve à mille kilomètres de lui, en pleine mer, vous admettez que ma voix puisse être entendue en même temps à Londres, à Alger, à Rome, à travers les airs, les eaux, les montagnes, et vous ne voudriez pas admettre qu'un caillou pût traverser un mur...

— Non, mon cher, non et non !... Parce que si je veux entendre un concert donné à Londres, je n'ai qu'à faire installer la T. S. F. chez moi, tandis que si je lance ce presse-papier à travers cette glace, pour tenter de renouveler l'expérience de balistique de votre villa, je n'arriverai qu'à casser la glace, ce qui ne me portera pas bonheur...

— Ces derniers mots prouvent que, malgré vous, vous croyez quand même au surnaturel.

— Ce n'est qu'une manière de parler...

— Et que dites-vous des prodiges des fakirs et des prêtres du Thibet ?... Le blé qui pousse en quelques minutes, les apports d'objets, les lévitations...

— Je voudrais voir pour croire... Pour moi, les spectateurs de ces soi-disant prodiges sont simplement victimes d'une suggestion, et tous vos fakirs sont des illusionnistes doublés d'habiles hypnotiseurs...

Marcilly se caressait lentement les joues et le menton de ses doigts écartés. Son visage brun et précis, au profil angulaire, aux tempes bosselées, était figé dans une supputation dont l'intensité se décelait à l'éclair fixe du regard couleur de topaze liquide, phosphorescent comme l'œil du chat.

Il fit claquer son index et son médium contre son pouce.

Chacun se tut.

On savait que ce geste indiquait que le patron était plongé en d'épineuses cogitations.

— Le problème, dit-il, tient en deux mots. Le sieur X... est-il vivant ? Le sieur X... est-il un fantôme pensant et agissant ? Vous qui semblez, mon cher White, avoir quelque teinture d'occultisme, pourriez-vous nous apporter la preuve, la preuve palpable que la vérité est liée à votre avis ?...

— Peut-être... Si nous sommes dans le surnaturel comme je penche à le croire, c'est par le surnaturel que nous en sortirons. C'est lui qui nous fournira le remède sauveur.

— Alors, c'est l'homéopathie ? ricana Joseph Prick.

— Je propose, dit John White, de consulter un métagnome...

— Qu'est-ce que c'est que cette bête-là ? questionna Joseph Prick, soulignant son interrogation d'un crissement incrédule. Ça nage ou ça vole ?

— La métagnomie, expliqua posément John White, est une science qui s'occupe d'approfondir les choses qui sont au delà des connaissances courantes, au delà de la science logique, concrète, naturelle, démontrée... La métagnomie s'occupe d'étudier les gens qui peuvent se mettre en contact avec l'invisible, avec les puissances invisibles... Un métagnome est un médium plus ou moins remarquable, plus ou moins sensible, mais qui peut, par exemple, permettre de retrouver un objet perdu ou volé...

— Et vous êtes-vous servi parfois d'un métagnome pour vous seconder dans vos enquêtes ?

— Cela m'est arrivé et j'ai eu souvent à m'en féliciter... Tenez, dans cette affaire de bijou perdu, avenue des Acacias, par Lady Homerspring...

— Cette barrette que vous avez si miraculeusement retrouvée...

— C'est un métagnome, ou plutôt une métagnome qui m'a aidé... Je lui ai remis un objet ayant touché lady Homerspring, en l'occurence une enveloppe de lettre écrite de sa main : c'était tout ce que j'avais et je ne voulais pas diminuer mon mérite en demandant un mouchoir ou des gants, pour laisser supposer que je m'adressais à une métagnome...

— Mais il faudrait attacher une métagnome à l'agence Lynx ! s'écria Marcilly.

— J'en ai parlé quelques fois à notre ami Prick, mais vous savez qu'il n'admet pas le surnaturel...

— Ce n'est pas d'aujourd'hui, dit Joseph Prick, que je cherche les gens et les bijoux qui se cachent. J'ai employé des somnambules : elles m'ont plus souvent égaré que servi...

— Soit ! N'empêche que je connais à Paris une femme à qui il suffit de donner un objet appartenant à une personne quelconque pour qu'elle la décrive immédiatement...

— Parbleu ! Vous connaissez cette personne : votre médum lit dans votre pensée... Ce n'est pas malin...

— Même si on ne connaît pas la personne !... Mon cher Prick, elle vous convaincrait !... Elle est extraordinaire... Par exemple, sa miraculeuse clairvoyance ne laisse pas d'être inquiétante: elle est incapable de farder la vérité... Quand elle parle, la case du cerveau où s'élabore le mensonge est obnubilée... Elle ne voit pas son interlocuteur... Un mari lui remet une écharpe de sa femme et lui demande : « Que faisait hier la personne qui porte cette écharpe? » Si sa femme le trompe, elle lui dira tout à trac : « Cette dame était hier, à 5 heures, dans un petit salon or et rouge, où je vois beaucoup de coussins et de fleurs, avec un monsieur blond, grand, habillé de gris, avec une table garnie de fruits et de flacons... »

— Allez trouver votre... Comment dites-vous?...

— Métagnome...

— Et tâchez de savoir à quel genre de persécution Mme Vergelle est en butte... Tout est là...

— Ce qu'il importe beaucoup de savoir, spécifia Mlle Harvette, c'est si les persécutions de Bois-le-Roi sont de la même main, de la même signature que celles de Paris...

— Je verrai mon médium aujourd'hui même. Je vais même essayer de le voir ce matin... Onze heures moins dix... Je saute dans un taxi... L'après-midi, il y a un monde fou... Ma métagnome commence à être très courue... On rencontre chez elle des ministres, des sénateurs, et même des personnes qui font profession de ne croire ni à Dieu ni à diable...

— Voulez-vous que nous vous attendions? proposa Marcilly.

— Pourquoi pas?

— Le cas est assez grave pour que nous reculions l'heure de notre déjeuner...

— En cinq minutes de taxi je serai chez Mme d'Eleusis...

Après le départ de John White, Joseph Prick secoua la tête et bougonna :

— Je parierais cent mille francs que ce n'est pas encore de cette Mme d'Eleusis que nous viendra la lumière...

— Il faut tout tenter, répondit Marcilly.

— Moi, j'ai une autre idée, fit Joseph Prick en allongeant ses favoris.

— Laquelle?

— Laissez-moi faire... Permettez-moi d'en garder tout le bénéfice... Presque rien... Une petite vérification qui s'impose...

— Et moi aussi, j'ai mon idée, ajouta Mlle Harvette... Elle me demandera un petit voyage à Bois-le-Roi, mais pas tout de suite, dans quelques jours, quand nous aurons mis cette pauvre Mme Vergelle en sûreté...

— Tiens, tiens ! ricana Joseph Prick, c'est une idée qui ne me déplaît pas, parce qu'elle m'est également venue... Les grands cerveaux se rencontrent...

— Ah ! ma petite Harvette, s'écria Jacques Marcilly, si vous parveniez à déterminer l'identité du sieur X..., je vous embrasserais de bon cœur!... Je ne dors plus, depuis que cette affaire m'est confiée... C'est aussi troublant que passionnant !... Se battre contre des fantômes, c'est bien plus amusant que de dépister des filous ou de museler des maîtres-chanteurs... Le jour où nous arracherons le masque du sieur X..., j'aurai autant de plaisir que si je gagnais le gros lot d'un million !...

— Et moi, je serais si heureuse de délivrer Mme Vergelle !... Si vous saviez comme elle est bonne, douce, dévouée, affectueuse...

— Une femme dans votre genre, ma petite Harvette... Car, enfin, vous êtes née beaucoup plus pour vivre en bourgeoise et pour aimer votre mari, que pour surveiller les maris coureurs...

— Hélas ! la vie m'a rejetée de la bourgeoisie... J'aurais aimé, je me serais dévouée...

— Tout cela peut s'arranger...

— Non!... Pensez que j'ai une fillette... Je ne suis plus épousable...

— Pourquoi?... On épouse bien une veuve... Vous êtes veuve d'un amour au lieu d'être veuve d'un mari... Au fond, il y a bien peu de différence... Sauvez d'abord Mme Vergelle... Ensuite on s'occupera de vous trouver un mari...

X

L'OMBRE ACHARNÉE

Je vous emmène chez moi, dit résolument Lucie Harvette à Mme Vergelle, au sortir de l'appartement hanté. Et je vous jure que vous y serez à l'abri...

Son accent décidé et son assurance apportaient à la déplorable victime du sieur X... un peu de réconfort.

Quand elle se vit hors de chez elle, avec du ciel bleu au-dessus de sa tête, baignée de la joie facile d'un beau jour d'été, investie de promeneurs nonchalants — il est encore des flâneurs à Passy — elle se sentit revivre, elle se crut près de la délivrance.

Elle était comme le misérable qui, bâillonné dans un glauque enfer, remonte soudain à la surface de l'eau, se soûle d'oxygène et de lumière.

— Prenons vite un taxi, dit-elle. Il y en a toujours à la station de la Muette. Courons !... Mon Dieu, si l'on nous suivait !...

— Ne craignez pas cela !... Si l'on avait été prévenu de votre retour, peut-être... Et puis, vous savez, j'ai l'œil... Rien n'est plus facile que de s'apercevoir si l'on est suivi quand on se doute qu'on peut l'être...

Point de voitures à la Muette.

— Il doit y avoir des courses à Auteuil, dit Jeanne Vergelle. Ces jours-là, les taxis se font plus rares...

Elles attendirent quatre ou cinq minutes en se promenant sur la chaussée, parmi les nounous qui conduisaient des enfants au Bois.

— Oh ! mademoiselle, s'écria tout à coup Mme Vergelle, nous sommes à deux cents mètres de chez M. Miroulier... Songez que nous ne nous sommes pas vus depuis bientôt trois semaines!...

— M. Miroulier est un homme charmant, dont j'ai été très heureuse de faire la connaissance au début de mon enquête, mais nous n'irons pas chez lui... Ce serait imprudent... Il est certainement surveillé... Il ne faut pas qu'on nous voie entrer chez lui... N'oubliez pas qu'il est la cause première de votre persécution... Mais je ne vous défends pas de le recevoir chez moi... Nous le préviendrons tout à l'heure... Puisque tous les taxis passent occupés, prenons cet Auteuil-Hôtel-de-Ville, nous descendrons un peu avant l'Alma ; j'habite rue Debrousse.

Un train de deux longues voitures débouchait de l'avenue Mozart, mastodontesque, rappelant la silhouette de ce brontosaure qui était un énorme serpent à pattes. Le dinosaurien se ploya dans la courbe, où le frottement de ses pieds de fer prolongea un sifflement lugubre. Le monstre boucha la rue de sa masse arrogante et stupide, fier d'immobiliser une torpédo vigoureuse, deux tombereaux-tortues à la carapace de pavés, un haquet au corps d'insecte, annelé de tonneaux et perché sur des échasses de faucheux, et tout un menu peuple de véhicules.

Jeanne et Mlle Harvette prirent place dans la première voiture.

— J'ai observé les gens qui montaient, dit la détective. Nous verrons bien, quand nous descendrons, si nous sommes suivies...

Elles quittèrent le tramway avenue du Président-Wilson, à cinquante mètres de la petite rue Debrousse, qui ne comporte pas dix immeubles et qui montre un visage provincial et désuet, avec sa bordure de jardinets vêtues de vigne-vierge, ordonnant devant ces tranquilles maisons un anachronique décor de guinguettes.

Personne ne descendit des premières classes, où les deux voyageuses avaient pris place. Des secondes sortirent un livreur de grand magasin, qui s'engagea rue Freycinet, et deux jeunes arpettes qui se dirigèrent vers l'avenue Marceau en se racontant une histoire qu'elles assaisonnaient de rires térébrants.

— Constatez, dit Mlle Harvette, que nous ne sommes pas filées... Soyez tranquille : le sieur X... ne viendra pas vous relancer chez moi...

Mlle Harvette habitait un petit appartement avenant et clair d'où la vue s'étendait sur la Seine, qui miroitait à travers les beaux arbres de l'avenue de Tokio. Au fond, la Tour Eiffel, dans la lumière blonde, accrochait en plein ciel une fine écharpe de Chantilly.

— Vous allez demeurer quelques jours ici, dit Mlle Harvette. Vous prendrez la chambre de ma fille ; c'est la plus gaie.

— Mais votre fillette ?

— J'ai conduit Gilberte en Bretagne, pour la durée des vacances, chez une brave femme qui la soigne comme sa propre enfant...

— N'importe, je ne veux pas vous encombrer...

— Vous ne m'encombrerez pas, chère madame Vergelle... Je suis heureuse de vous offrir l'hospitalité... Je regrette seulement que ma maison soit si simple...

— Que parlez-vous de simplicité, quand il y a tant de richesse dans votre cœur, tant de générosité dans votre accueil. Je suis infiniment touchée de votre dévouement... Une sœur ne serait pas plus tendre ni plus attentive que vous...

— J'ai souffert injustement, vous souffrez sans raison ; voilà tout le secret de l'affectueuse sympathie qui m'entraîne vers vous... Ne m'en remerciez pas trop ; c'est, au fond, de l'égoïsme, car c'est ma propre souffrance que je plains dans la vôtre, chère Madame Vergelle, par un sentiment de solidarité aussi inconscient qu'un réflexe...

— Ne dissimulez pas votre mérite, ma chère amie, sous une modestie qui, pour se faire plus convaincante et plus sévère, s'arroge un petit air philosophique... Ce n'est point par intérêt, bien entendu, qu'on a bon cœur, c'est parce qu'on a bon cœur, et je ne connais pas de nature plus spontanée que la vôtre, bien que le hasard vous ait contrainte d'embrasser une profession où il faut souvent discipliner ses élans. Et, je vous en prie, ne m'appelez plus Mme Vergelle... Vous êtes ma grande amie et ma petite sœur ; appelez-moi Jeanne et je vous appellerai Lucie...

Et Mme Vergelle, attirant à elle Lucie Harvette, la serra sur son cœur. Elles s'embrassèrent dans une fervente effusion.

— Et maintenant, Lucie, dit Jeanne Vergelle, si vous voulez me faire un très grand plaisir, laissez-moi envoyer un pneu à Jacques...

— Il n'a pas le téléphone ?

— Non... Il habite une vieille maison toute guillerette sous sa coiffe de tuiles vertes, qui date du temps où les Parisiens venaient en villégiature au village de Passy, et il juge que le téléphone y serait aussi indécent — c'est son mot — que des truffes dans le pot-au-feu ou qu'une armoire à glace en faux acajou dans un vieil intérieur breton, entre le lit clos et la huche...

— Je lui donne raison au point de vue du pitto-

Il paraît que Tchi-Li a beaucoup de valeur (p. 25).

resque, ma chère Jeanne... Mais nous aurions pu téléphoner d'ici. Le téléphone est dans la loge et j'ai fait installer un poste chez moi. Il va falloir attendre le retour d'Elodie. Elle est allée promener Tchi-Li... Tchi-Li est un adorable pékinois, avec la plus réjouissante tête de vieille pipelette qu'on puisse imaginer... Il a des yeux merveilleux, d'une douceur mouillée et profonde, des yeux d'amoureuse triste... Je ne sais pas trop pourquoi je m'imagine que Marceline Desbordes-Valmore devait avoir des yeux comme ça... Il paraît que Tchi-Li a beaucoup de valeur : c'est une cliente qui me l'a donné, parce que je lui ai permis de divorcer d'avec un monsieur qui la trompait sans ménagements : ses amies, ses cousines, l'institutrice des enfants, les femmes de chambre, voir la cuisinière, une grosse dondon cramoisie, tout était bon à ce pêcheur intrépide. Pas mauvais garçon d'ailleurs, mais polygame comme l'oiseau chante...

— Je pourrais aller jeter un pneu à la poste... Il y en a une tout près, je crois ?...

— Oui, Jeanne, au coin de l'avenue Marceau et de l'avenue Pierre-Ier-de-Serbie... Mais je préfère qu'on ne vous voie pas trop dans les rues, surtout le jour, maintenant que vous êtes en sûreté... Elodie sera là d'un instant à l'autre... Je vous fais d'avance toutes mes excuses à son sujet : Elodie est une domestique très mal stylée, mais elle est d'un dévouement à toute épreuve. Elle a autant de raison qu'un petit enfant ; elle montre une naïveté désarmante et promène dans la vie une âme fraîche et joyeuse ; dans sa cuisine, elle chante à gorge déployée ; son air favori est « L'amour est enfant de Bohème »... Imaginez cela écorché par une grande bique en cheveux gris qui offre l'aspect d'un tambour-major déguisé en femme. Elodie est demeurée sage, mais elle est persuadée qu'elle était née pour le romanesque et la passion. Cette humble servante se meut dans une féerie perpétuelle: elle brode et rebrode, infatigable Pénélope, le mirifique roman de l'existence qui aurait dû lui être dévolue. Elle oublie qu'elle est flétrie et ridicule. Elle s'identifie aux héroïnes de cinéma. Elle renchérit sur leurs aventures et s'attend toujours à rencontrer le Prince Charmant chez la crémière...

— Elle a dû l'y rencontrer, dit Jeanne, car elle ne revient pas... Laissez-moi jeter mon petit bleu avenue Marceau...

— Non, Jeanne, je vais y aller moi-même.

— Je ne veux pas... Voyons, il y en a pour cinq minutes aller et retour... Personne n'a pu nous suivre : qui pourrait me rencontrer dans ce court trajet ? M. Ladvocat, si c'est lui qu'il faut redouter, est à son bureau de la rue Taitbout... Voyons, ma petite Lucie...

Et Jeanne, câline, embrassa sa nouvelle amie...

— Eh bien, soit ; allez-y...

— Mais il me faudrait aller aussi à la gare de Lyon... J'ai laissé mes bagages en consigne et j'ai sauté dans un taxi pour me faire conduire à l'agence Lynx... Je n'ai pas de linge...

— Ne vous occupez pas de cela... Je ferai rentrer vos bagages ici par une agence de voyage et je vous prêterai ce qu'il vous faudra en attendant qu'ils arrivent...

— Vous êtes ma providence... A tout de suite !...

Et Jeanne s'échappa, légère et joyeuse...

Dehors, elle réfléchit qu'il était quatre heures de l'après-midi. Le pneumatique n'arriverait pas avant 6 ou 7 heures. Jacques Miroulier travaillait jusqu'à 5 ou 6 heures et sortait ensuite : tantôt il se rendait dans Paris pour des courses ou des visites.

Le pneu ne le toucherait pas à temps.

Jeanne entra dans un café de la place de l'Alma et rédigea une courte lettre où elle adjurait Jacques de la venir rejoindre. Elle la confia au chasseur.

— Prenez un taxi et allez le plus vite possible. En cinq ou six minutes, vous pouvez être rue Talma... Si vous êtes revenu dans un quart d'heure, il y a vingt francs pour vous...

Le chasseur ramena Miroulier sans excéder le délai.

— Ne restons pas ici, Jacques ! dit-elle. Je suis chez Mlle Harvette... C'est mon amie, ma protectrice... Allons chez elle... Oh ! j'ai tant de choses à vous raconter !

Ils prirent, pour aller rue Debrousse, le taxi qui avait amené Jacques.

Ils purent enfin s'embrasser.

Jeanne s'abîma sur la poitrine de son ami. Elle balbutiait des mots sans suite. Des larmes victorieuses jaillissaient de son ivresse.

— Je te retrouve !... Toi !... Si tu savais !... Ces ennemis entre nous... Ces cruautés... Mais te voici !... Le supplice disparaît... C'est toi, mon Jacques.

Prononcés par des lèvres frémissantes, fleurs pathétiques dans un visage que métamorphosait une surhumaine allégresse, ces mots acquéraient presque de la poésie et de la grandeur.

Mlle Harvette demeura pétrifiée en voyant arriver ensemble Jeanne Vergelle et Jacques Miroulier.

— Comment, déjà ! s'écria-t-elle.

C'était à se demander si Jacques n'était point ce sieur X... à la poursuite de qui elle s'acharnait. Ne fallait-il pas que Miroulier fût expert en enchantements pour apparaître ainsi, subitement, au moment où l'on souhaitait sa présence!

Mais les explications de Jeanne chassèrent cette suspicion.

— Vous avez mille choses à vous dire, fit Lucie Harvette. Je vais vous laisser tranquilles. Donnez-moi votre bulletin de bagages, Jeanne... Je serai ici vers six heures...

— Mademoiselle, dit Miroulier, j'espère que vous nous ferez l'honneur de dîner avec nous...

— C'est vous, monsieur, qui dînerez ici... Ma cuisinière est une âme simple, plus familière avec mes invités qu'avec les règles du service, mais quelques-uns de ses plats sont assez bien stylés...

— Non, ma chérie, protesta Jeanne, nous ne voulons pas te déranger...

— Mais je vous assure que c'est très imprudent de vous montrer dans les rues aves M. Miroulier...

— Pourquoi cela ? demanda le peintre.

— Jeanne vous l'apprendra... Il ne faut pas qu'on sache où elle est...

— Mais qui nous rencontrera ?... Nous irons dîner dans une maison tranquille, nous prendrons un cabinet... Tenez, il y a sur la rive gauche des cabarets qui sont idéaux pour les gens qui veulent se cacher...

— Je connais ça : tout le monde se dit qu'on y rencontrera personne, tout le monde y va et s'y retrouve...

— Alors, n'allons pas dans une maison classée... Je sais deux ou trois gargotiers, dans Paris, qui ne sont pas encore lancés et dont la cuisine est honorable. Tenez, allons au « Tourin Bordelais » : c'est un modeste restaurant, caché derrière l'Odéon, tenu par un Gascon en qui je salue bien bas un maître-queux de race. Il n'est pas encore gâté par le succès. Il y a deux ou trois petites salles au premier; en arrivant de bonne heure, nous en aurons une...

— Si vous me promettez que la maison n'est pas repérée par les snobs...

— Parole d'honneur, je n'ai jamais vu d'autos à la porte... D'ailleurs, les prix sont trop modérés pour que les gens chic se dérangent... Justement, c'est jeudi, jour du cassoulet de Castelnaudary... Ce plat demande quarante-huit heures de soins religieux, mais quelle onctueuse et subtile merveille! C'est toute la Gascogne et toute la joie de vivre, c'est plantureux et c'est aérien, mais je vois que vous avez le téléphone : je vais retenir un salon...

— Votre Gascon a le téléphone !... Ce n'est déjà plus le petit traiteur... Mauvais signe...

— Vous serez à cent lieues de Paris, je vous le jure, dans une auberge de Dax ou d'Orthez...

Elodie rentrait avec Tchi-li, le pékinois aux yeux d'almée.

Dégingandée, osseuse, gigantesque, avec ses mèches folles, sa moustache en virgule, les deux touffes frisottantes de sa barbiche, ses yeux luisants et bougeants, son nez rostriforme, ses mobiles narines, elle avait l'air d'une grande chèvre dressée sur ses pattes, mais d'une chèvre empâtée, enseñchée, d'une chèvre de cirque, couverte d'oripeaux pour faire rire les petits enfants.

Elodie, d'ailleurs, les faisait pouffer quand errait par les jardins du Trocadéro sa caricaturale effigie. Elle ne s'en fâchait pas et croyait volontiers qu'on l'admirait.

Elle se mit à conter avec une volubilité assourdissante que le marchand de ballons en baudruche avait laissé sa marchandise s'envoler. Cet incident prenait à ses yeux, les proportions d'un événement.

Capricante, elle le détaillait avec une mimique excessive, des gestes en ailes de moulin à vent, des rémuements de babines d'herbivore, des yeux d'une mobilité telle qu'ils avaient l'air de jouer aux billes, des éclats de rire nasillards comme un bêlement de biquette.

Lucie dut l'emmener quasi de force dans sa cuisine.

Quand Mlle Harvette fut sortie et que Jacques et son amie se trouvèrent seuls, Jeanne entreprit le récit des faits qui avaient marqué la fin de son séjour à Bois-le-roi et son retour à Paris.

Plusieurs fois, Jacques l'interrompit pour foncer en de brèves diatribes sur Ladvocat.

A la fin, il éclata, enragé de colère et d'indignation. Sa voix d'habitude calme et chantante, habile aux ironies nuancées, prenait une raucité saccadée.

— Enfin, cet exécrable rustre ne peut tout de même pas s'imaginer que vous êtes une femme pour lui ! Il n'y a qu'un moyen d'arrêter ses méfaits : le supprimer !... Morte la bête, mort le venin !... Je vais aller trouver ce bandit, je vais le provoquer, je le tuerai en duel...

— Non Jacques, tu ne feras pas cela !... Et s'il te tue ?...

— Il me tuera !... Il faut en sortir !... Nous ne pouvons pas continuer à vivre dans cette angoisse infernale !... Il faut que l'un de nous deux disparaisse...

— Alors, tu me laisserais à sa merci ?... Mais réfléchis, mon chéri, réfléchis que si tu n'étais plus là, je deviendrais la proie de cet homme !... Oui, j'avoue ma lâcheté : j'ai peur de lui et mes forces me trahiraient en sa présence... Ne m'abandonne pas, ne me laisse pas seule... Je ne veux pas être sa proie... Je ne veux pas !...

Jeanne s'était jetée sur Jacques. Elle le serrait convulsivement. Son visage exprimait l'imploration et le désespoir.

— Pourquoi ne pas s'adresser à la justice ? Vraiment, il est extraordinaire que vous n'y avez pas encore songé ! Evidemment, ça ne ferait pas l'affaire du nommé Marcilly...

— Oh ! Jacques...

— Et qui te prouve qu'il n'est pas complice ?... C'est son intérêt, après tout !...

— M. Marcilly n'est pas un homme d'argent... Voir clair dans ce chaos, être le sphinx de cette énigme, cela est devenu pour lui une hantise impérieuse... Il s'agit bien d'argent !... Son honneur de détective est engagé... Et, enfin, j'ai la naïveté de croire que Marcilly est un très brave garçon et qu'il a juré, autant par bonté de cœur que par vanité professionnelle, de me débarrasser des scélérats qui me poursuivent...

— Cela ne prouve nullement pue Marcilly ne soit pas sujet à caution. Mlle Harvette peut être entre ses mains un instrument inconscient. Crois-moi, Jeannette, il faut te méfier de ce monde policiers... Le vieil axiome de droit est un guide sûr : *Is fecit cui prodest.* A qui, en dehors de Ladvocat, peut profiter que l'imbroglio se complique, que les recherches s'éternisent ? A l'Agence Lynx et à son directeur !

— Tu es égaré par la plus injuste prévention...

— Pardon, je raisonne, je raisonne froidement. Personne ne savait ton adresse à Bois-le-Roi, personne, sauf moi à l'agence... Pour moi, je suppose que je ne suis pas suspect...

— Mon chéri !...

Jeanne ponctua d'un baiser persuasif ces deux mots brûlants comme un credo.

— L'agence Lynx savait, Ladvocat ne savait pas, ne pouvait pas savoir : la persécution s'entête... Conclus !...

— Et tu verrais M. Marcilly devenu complice de Ladvocat ?...

— Oui, pour faire traîner les choses en longueur... Plus l'agence mettra de détectives sur cette piste, plus il y aura d'enquêtes, de contre-enquêtes, de filatures et autres turlupinades, et plus la note sera salée... C'est facile à comprendre...

— Je crois que tu te trompes absolument sur la mentalité de Marcilly : je le juge d'une façon toute différente...

— Autre chose : je m'étonnais tout à l'heure que la justice ne fût pas prévenue...

— La justice ne ferait pas mieux que M. Marcilly, qui se consacre tout entier à cette affaire, qui en scrute les moindres phases avec une attention passionnée... S'adresser à la justice, ce serait mettre les journaux dans la confidence... Vois-tu ma maison assaillie de reporters, les journalistes se livrant à des enquêtes particulières, ma vie privée fouillée, mes plus chers secrets cambriolés, peut-être jetés en pâture aux journaux ?... Mais on ne parlerait dans toute la France que de la maison hantée de la rue de Passy !... Toi-même, mon chéri, tu n'échapperais peut-être pas aux indiscrétions... Jolie publicité !...

— Moi, ça n'a pas d'importance !... Mais il est évident qu'il serait fâcheux que tous les gazetiers de France et de Navarre, sans compter les correspondants des journaux anglais et américains, si friands des manifestations de l'Au-delà, se missent à épiloguer à perte de vue sur cette étrange aventure...

— Enfin, tu admettras que mon argument a du poids...

— Evidemment... Cependant, je connais du monde à Paris... J'aurais pu facilement obtenir un excellent accueil auprès du haut personnel de la Sûreté... L'enquête aurait pu être menée très discrètement...

— Tôt ou tard, le scandale eût éclaté... Une fuite est presque toujours inévitable... Les journalistes sont à l'affût de tous les potins, guettent le moindre fait-divers susceptible d'intéresser leurs lecteurs avec une patience de trappeurs...

— Mais avant que le scandale éclatât, le coupable ou les coupables eussent peut-être été démasqués... Maria, adroitement cuisinée...

— Je ne soupçonnerai jamais Maria... Cette fille me sert depuis plus de dix ans avec un inlassable dévouement... Et il faut qu'elle ait l'esprit de sacrifice et de fidélité profondément ancré en elle pour demeurer à mon service... La cuisinière est partie, elle allait raconter chez les fournisseurs qu'elle était en place dans un appartement hanté ; Maria, heureusement, démentait, disait que cette fille était faible d'esprit et avait des hallucinations... Maria ne m'a pas abandonnée, elle...

— Si c'est doublement son intérêt, si sa main droite ignore ce que reçoit la gauche...

— Je t'assure, mon Jacquot, que Maria est une honnête fille... Oh ! elle a ses défauts, elle est familière, elle est têtue, elle défend mes intérêts d'une manière un peu despotique, mais elle offre aussi les qualités de ses défauts : probité, travail, attachement à ses maîtres jusqu'à l'oubli de soi-même... Ou plutôt, attachement à sa maîtresse : elle n'aimait pas M. Vergelle parce qu'il me faisait souffrir...

— Quelle perle fine, d'un incomparable orient, cette Maria !... Elle assemble vraiment trop de qualités : je me méfie des gens qui sont si parfaits...

— Tu vois de la trahison partout, maintenant...

— On en verrait à moins ! nous en sommes saturés, nous vivons dans la perfidie, dans l'imposture, dans les traquenards... Si Ladvocat est le grand coupable, il a des complices...

— Et s'il n'était pas coupable ?...

— Que dis-tu là ?

Une perplexe stupeur serrait la gorge de Jacques.

Les deux amants échangèrent un coup d'œil d'une déchirante frayeur.

Baissant la voix et regardant autour de lui comme quelqu'un qui se sait épié, qui voit rôder des ombres menaçantes, qui sent qu'elles vont se rapprocher, se refermer sur lui comme les mâchoires d'un étau, Jacques balbutia :

— Tu crois vraiment que ce pourrait être celui... celui à qui nous pensons ?...

Jeanne jeta un cri inhumain, un cri de bête forcée, un cri où éclatait tout le désarroi, toute l'horreur de son âme.

Et, secouée de sanglots, elle confessa ses transes :

— Je ne sais pas... J'ai peur... Une épouvante s'agrippe à moi, qui s'acharne, qui s'exaspère, comme ces chats furieux et ces vipères qui martyrisaient la chair de la femme adultère, au moyen âge, cousus avec elle dans le sac de peau où on la jetait à la rivière... Oui, il y a des jours où je me demande si ce n'est pas lui... le pauvre mort... qui...

— Tais-toi... C'est abominable...

— Des jours où je me demande si je ne subis pas, moi aussi, poursuivie par une ombre irritée, le châtiment de la femme adultère...

— Il faut chasser cette idée !... Les morts sont bien morts !...

— Ah ! tout vacille en moi ! Qui savait que je me cachais à Boi-le-Roi ? Personne qui nous fût hostile... Ce Ladvocat que tu accuses, que j'accuse aussi, ignorait où je m'abritais... Et l'abominable expiation m'a rejointe dans la maison de ma cousine... J'ai vu mon mari comme je te vois... Je l'ai reconnu, c'étaient ses traits, c'était sa barbe...

— Ecoute, il faut que nous sachions à quoi nous en tenir, où nous allons perdre la raison l'un et l'autre... Voici ce que je te propose : nous allons partir... Je t'emmène dans le Midi, dans une toute petite île du groupe d'Hyères, qui appartient à mon frère... Nous ne dirons à personne, entends-tu ?... Ni Maria, ni Marcilly, ni Mlle Harvette, personne ne saura... Personne ne prendra ton courrier... tu resteras pendant un mois sans communication avec Paris... Disparition complète, tous liens coupés !... Tu n'as pas d'enfants ; cela ne présente donc aucune importance... Si, par impossible, la persécution te retrouvait, j'avoue que je finirais peut-être par dire: « Nous sommes en présence de forces surnaturelles ». Alors, nous irions plus loin, en Egypte, aux Indes.

— Ah ! me sentir pouchassée par une vengeance implacable !... Je mourrais de terreur...

— Mais le sieur X..., comme dit Marcilly, proclamera la carence de son pouvoir et sombrera dans le ridicule... Ce tyran féroce fera figure d'épouvantail à moineaux... Rassure-toi, ma chérie, rassure-toi, c'est ce qui se produira, il ne peut pas en être autrement... Nous resterons bien tranquilles sur notre îlot, plutôt exigu — quatre cents mètres de long, cent cinquante de large — mais, somme toute, assez confortable... Personne ne nous troublera ! Tu verras que le sieur X..., comme dit Marcilly, nous fichera royalement la paix, parce que le sieur X..., qui est un monsieur en chair et en os, ne peut faire de mal à Jeanne Vergelle que lorsqu'elle réside à Paris ou aux environs de Paris, et qu'on lui indique complaisamment l'endroit où elle se cache... Pas plus qu'il ne saurait te rejoindre ici, puisque tu as pris toutes précautions pour n'être pas espionnée...

— Je donnerais ma tête à couper que personne n'a pu suivre la trace de mes pas...

— Le sieur X... n'est tout puissant que lorsqu'il s'assure des complicités. Nous tiendrons la preuve que tu as été victime d'une machination montée par Ladvocat, le seul personnage qui eût intérêt à organiser cette ignoble farce, et le soin d'en tirer une vengeance me regarde... Ah! je lui ferai payer cher tout ce que tu as enduré!...

Les yeux de Jacques étincelaient. Leur doux bleu de lapis verdissait, accusait de frigides duretés. Et Jeanne était bouleversée à l'idée qu'un jour ces deux rivalités exaspérées se heurteraient comme des épées furieuses, videraient une querelle implacable, dans la haine, dans la ruse, dans la violence...

— Mon chéri, s'écria-t-elle, partons le plus tôt possible... J'ai tant besoin de repos et de quiétude!... Je suis si cahotée, si tiraillée, si piétinée, depuis quelques semaines... Il me serait doux de ne plus trembler, de reprendre courage...

A son retour, Mlle Harvette trouva Jacques et Jeanne rassérénés. Ils lui annoncèrent leur désir de s'enfuir vers un mystérieux exil.

Lucie approuva ce projet.

— Pendant que vous vous cacherez, nous continuerons de pourchasser le sieur X... Nul doute que le désarroi où le jettera votre subite disparition ne l'incite à quelque grosse maladresse qui causera sa perte.

Le dîner, au « Tourin bordelais », fut presque gai.

Mais Jacques, qui n'avait pas mis le pied dans cet établissement depuis deux mois, put y constater des changements significatifs.

Tout d'abord, il remarqua deux automobiles devant la porte. Puis, il fut accueilli par un maître d'hôtel prétentieux, d'une politesse glaciale. L'épaisse vaisselle blanche avait été remplacée par une porcelaine à fleurs voyantes et ridicules, idoine à donner vilain aspect aux sauces et aux crèmes.

La clientèle, composée naguère d'étudiants, de professeurs, d'artistes, de petits bourgeois, évoluait. Jacques reconnut un sociétaire de la Comédie-Française qui se donne les gants de prospecter les petits coins où un Vatel qui s'ignore sert sans apparat des nourritures succulentes. Il était escorté d'une bande de courtisans. On voyait encore un humoriste, non moins célèbre pour sa panse replète que pour ses écrits ; lui aussi, il avait amené du monde, heureux de faire profiter ses amis de sa découverte. C'étaient des gourmets, mais ils publiaient leur admiration sur le mode lyrique et se lançaient à idées perdues dans des discussions littéraires où claironnaient des voix méridionales.

Jacques était d'une autre école : il aimait que les repas fins fussent presque silencieux. Il s'écoutait manger. Parler philosophie devant un foie gras onctueux et parfumé à souhait lui semblait une hérésie. Ne pas savourer ce mets béni dans le recueillement, c'était à ses yeux une faute de même gravité, qui vous fait tout de suite juger pour un béotien, que de bavarder avec sa voisine pendant l'exécution de la « Neuvième Symphonie ».

Deux Américains en smoking qui dînaient près de l'étroit escalier en colimaçon, où certainement le gros humoriste n'aurait pu insérer son majestueux abdomen, précipitèrent Jacques dans une indignation justifiée. Ils mangeaient du cassoulet en buvant de la fine mélangée de bière. Il regretta que les tribunaux ne punissent pas un tel sacrilège avec sévérité.

Le premier était sens dessus dessous. Il y avait du plâtre partout. Une bâche était tendue à travers la salle.

— Je fais faire des agrandissements, expliqua le patron à Jacques en l'installant, avec ses compagnes, dans un petit cabinet qu'il fallut attendre pendant vingt minutes. J'aurai une belle salle et plusieurs salons. Je supprime l'escalier en tire-bouchon et je le remplace par un escalier commode, avec des plantes vertes. J'aurai aussi des lavabos dernier cri...

— Une vieille dame décorée des palmes académiques pour le vestiaire, qui vendra de la parfumerie, continua Jacques, un petit groom à la porte, avec beaucoup de boutons dorés sur son dolman...

— Pourquoi voulez-vous que la dame du vestiaire ait les palmes? demanda le patron avec sérénité.

— Vous comprenez, répondit Jacques, pince-sans-rire, vous êtes dans le quartier des Ecoles... Et puis, ça fait riche... Vous avez maintenant une clientèle à la hauteur... Il faut vous montrer digne d'elle...

La brave ardoise qui naguère servait de carte était devenue un pompeux bristol où s'étalait quelque banal chromo de publicité. C'était affreux. Mais les prix avaient doublé.

Le cassoulet, heureusement, fut encore honorable, les foies gras au gratin réussis. Et le patron apporta lui-même une bouteille d'un jurançon magnifique, frais, parfumé et velouté comme la chair d'une belle fille.

— Ah! monsieur, gémit-il, il y a des gens qui vous mettent hors de vos gonds... J'ai des Américains en bas qui ont bu de la bière mélangée de fine avec mon cassoulet...

— Estimez-vous heureux, dit Jacques, qu'ils ne vous aient pas réclamé du pétrole!... J'ai vu ça à Deauville, moi qui vous parle...

— C'est bien pis, monsieur! Vous ne devineriez jamais ce qu'ils m'ont fait?... Ils ont mis de l'eau de Seltz dans mon jurançon!...

— J'espère que vous avez été chercher deux agents...

— Non, monsieur... On ne peut pas, malheureusement... Mais je leur ai salé leur addition, et comment!

— Le coup de mitrailleuse, ta ca tac, ta ca tac... Ils reviendront vos Américains, ils adorent ça... Et ils mettront de la sauce anglaise dans le Clos-Vougeot...

— C'est égal, monsieur, c'est vexant... Un vin pareil!... Du 1909!...

— Pardonnez-leur : ils ne savent pas ce qu'ils font...

— J'aimerais mieux servir des gens qui ne paieraient pas, mais qui, au moins, apprécieraient...

— Ne vous gênez pas avec nous : nous sommes de vrais amateurs...

Le patron sortit, désillusionné sur la clientèle transatlantique.

— Ce malheureux, dit Jacques, me fait de la peine. C'est un brave homme, je dirais presque : c'est un artiste, puisqu'il préfère la gloire à l'argent... Mais il est perdu... En gardant à son établissement son caractère modeste, il eût continué à prospérer, il eût réalisé une agréable aisance... Il a écouté les conseils de l'orgueil ou de quelques maladroits... Il a voulu transformer son avenante petite maison en boîte chic... Il s'offrira un plat bien indigeste pour un restaurateur : il mangera ses économies en frais d'installation et, au bout d'un an, après une prospérité éphémère, la vogue s'en ira, sollicitée par toutes ces petites chapelles gastronomiques qui s'ouvrent presque chaque semaine et qui portent des enseignes si alléchantes : « Le Homard guilleret », « La Morille noire », « La Bonne Bouteille », etc., etc.

Vers 10 heures, Jacques Miroulier reconduisait ses invitées rue Debrousse.

Lucie ne parut pas s'apercevoir que Jeanne et son ami prolongeaient le baiser de leur bonsoir, protégés par l'ombre d'un lilas, tandis qu'elle feignait de continuer de sonner pour faire ouvrir un huis qui s'était entrebâillé à la première injonction.

— Je me sens sauvée! s'écria Jeanne quand elle pénétra dans la chambre que Lucie Harvette lui avait fait préparer. Il me semble que tout ce que j'ai enduré n'est qu'un mauvais rêve...

— Un mauvais rêve que vous oublierez vite, ma chère Jeanne.

— Une chose que je n'oublierai jamais, c'est votre tendre dévouement, ma bonne Lucie.

Des larmes heureuses brillaient aux cils de Jeanne.

Jeanne dormait d'un sommeil ouaté de songes tutélaires. Elle se retrouva dans ce jardin magnifique qui lui était apparu au lendemain de la mort de son mari, ce jardin aux allées satinées de cailloux doux comme des pétales de rose. Les mêmes paons balançaient les pierreries de leurs pennes sur les mêmes terrasses de marbre clair, peuplées de statues. Les mêmes trophées de roses fatiguaient les pergolas. Un jeune homme, vêtu comme un page de Botticelli, lui apparut, qui ressemblait encore à son amant...

Mais, cette fois, ce n'était pas un violon brisé qu'il tenait dans ses mains. C'était une archaïque viole à sept cordes. Il en tirait des sons d'une noble et morose volupté, traduisant cette mélancolie passionnée qui s'exhale des bonheurs trop intenses...

Le lendemain matin, Lucie reçut un coup de téléphone de Marcilly, qui était rentré de voyage dans la soirée et qui la priait de passer à l'agence Lynx pour conférer, avec Joseph Prick et John White, au sujet des dernières interventions du sieur X...

Une heure après le départ de Lucie, Elodie frappa d'un poing vigoureux à la porte de la chambre qu'occupait Mme Vergelle et entra sans attendre qu'on l'y eût invitée. Elle tenait un pneumatique dans ses doigts.

— Madame, annonça-t-elle, c'est une dépêche qui vient d'arriver pour Mme Vergelle, chez Mlle Lucie Harvette.

Jeanne pensa que c'était un pneumatique de Jacques. Sans doute l'invitait-il à déjeuner ou peut-être avait-il combiné quelque excursion en banlieue...

Mais elle reconnut l'écriture droite, maigre et veule de Louis Vergelle.

— Qu'est-ce qui vous prend? cria Elodie. Mais la voilà qui se trouve mal!... Madame, madame!... Ecoutez-moi!...

Jeanne ne répondit point, les yeux clos dans une face blême et pincée, d'où la vie s'était arrachée avec une effrayante soudaineté.

Et, avant qu'Elodie ait pu la retenir, elle vacilla et glissa sur le tapis, tandis que Tchi-Li, épouvanté, hurlait à la mort.

XI

CHEZ MADAME D'ELEUSIS

La pièce où Mme d'Eleusis donnait ses consultations offrait une blancheur immaculée. Au milieu, une petite table hexagonale devant laquelle Mme d'Eleusis s'asseyait sur un tabouret également hexagonal.

Sur le tapis, jadis blanc et maintenant grisâtre, était dessiné un grand cercle avec les douze signes du zodiaque.

Mme d'Eleusis s'enveloppait de voiles de lin. Elle ceignait son front d'un ruban de velours noir sur lequel de petites plaques d'argent ciselé figuraient encore les douze signes du zodiaque. Une manière de pendentif composé de sept minuscules anneaux d'or passés les uns dans les autres ornait son cou.

John White prit place sur un siège pareil à celui de Mme d'Eleusis, devant la petite table.

— Faites bien attention, lui recommanda la sybille, de bien vous asseoir dans le cercle magique... C'est très important...

— Je sais, je sais, répondit-il en habitué. Vous m'avez déjà, madame, fourni plusieurs fois la preuve de votre puissance divinatoire. Je veux mettre vos facultés à l'épreuve en vous soumettant un cas vraiment extraordinaire...

Et John White fit un exposé sommaire des méfaits attribués au sieur X...

— Ce que je voudrais connaître, conclut-il, c'est si nous avons affaire à un prodigieux mystificateur vivant, que nous pourrions démasquer et confondre, ou si notre ennemi est hors de notre atteinte. Louis Vergelle est-il le seul coupable, aidé peut-être de cet Honizet qui, comme je vous l'ai signalé, s'est tué par désespoir d'amour dans l'appartement occupé par Mme Vergelle?...

— Avez-vous quelque objet ayant appartenu à cette dame ou bien quelques lignes de son écriture...

John Prick avait pris ses précautions. Marcilly lui avait confié une des lettres que Jeanne lui avait adressées ainsi qu'un des pneumatiques qu'elle avait reçus du sieur X...

— Voici, dit-il, une lettre de sa main et un pneu rédigé par son persécuteur.

Mme d'Eleusis posa les deux lettres devant elle et les toucha sept fois avec une baguette dont le manche, couvert d'inscriptions cabalistiques, se terminait par une tête de sphinx.

Elle se livra à une silencieuse invocation.

Ses lèvres remuaient dans son visage pâle, mais il n'en sortait aucun son.

Elle ferma les yeux, qu'elle avait très beaux, d'un noir fulgurant, et se recueillit.

Son visage, sous ses bandeaux en ailes de corbeau, s'imprégnait d'une théâtrale gravité. Elle faisait penser à une tragédienne empâtée, avec son diadème de reine, son nez impérieux, sa bouche précise, la noblesse de ses joues amples et polies, où la lumière qui filtrait à travers la mousseline des rideaux jouait comme sur du marbre, répartie en touches à la fois austères et caressantes.

Elle soupira plusieurs fois, sa respiration devint haletante. Une fine sueur couvrit ses tempes aux plans larges, dont les veines se gonflèrent.

Elle porta une main fiévreuse à sa poitrine en tumulte et poussa quelques gémissement qu'elle semblait aller chercher au plus profond d'elle-même.

Elle eut comme un haut-le-corps et parut, au prix d'un sévère effort, ressaisir le contrôle et l'équilibre de son être physique.

Et, serrant dans ses doigts la lettre de Mme Vergelle, elle vaticina :

— Je vois la personne qui a tracé ces lignes... Elle est blonde... Elle a les yeux bleus... Elle est jeune... La mort est passée près d'elle, dans sa maison... Elle est veuve depuis peu de temps... Oh! quelles embûches sur son chemin, quelles félonies, quelles menaces, quelles alarmes!... Cette personne est poursuivie par des ennemis résolus... J'aperçois beaucoup d'ennemis autour d'elle, une conjuration d'ennemis... Elle se débat comme une bestiole prise dans une toile d'araignée... Elle voit avec épouvante avancer l'être qui la persécute... Elle se sent perdue...

— Cet être, comment est-il?... Le voyez-vous?...

— C'est un homme environné de ténèbres... C'est étrange... C'est un homme et ce n'est pas un homme...

— Serait-ce celui qui a écrit le pneumatique que je vous ai remis?...

— Je crois que c'est lui... Cet homme souffre, cet homme pleure... Quel abîme que le cœur de cet homme!... La haine se tord dans sa poitrine comme une grappe de vipères... Elle darde sans répit ses fureurs inflexibles... Et cependant il y a de l'amour dans ce cœur, de l'amour aussi tyrannique, aussi implacable que sa haine... Cet homme a été trahi... Cet homme se venge... Et ce cœur forcené ne connaîtra quelque repos, quelque douceur que lorsqu'il aura triomphé de celui qui lui a pris la femme qu'il veut...

— Et c'est bien Louis Vergelle qui poursuit cette personne de sa rancune, qui s'attache à ses pas, qui l'épie en tous lieux, qui a des yeux qui percent les murailles, qui la retrouve quand elle fuit Paris? Est-ce lui qui était à Bois-le-Roi?...

Mme d'Eleusis demeura sans répondre pendant deux interminables minutes. Une angoisse grandissante posait sur les épaules de John White une chape de glace. Il serrait les mâchoires pour ne pas claquer des dents.

Mme d'Eleusis recommença de geindre. Elle tordait ses bras, qui étaient ronds, potelés et nourris d'un lait ambré. Elle étouffa un cri poignant. Un long frisson de souffrance ternit son visage mobile comme l'ombre d'un nuage verdit la mer.

Un sursaut de volonté la délivra de nouveau des forces qui la bâillonnaient.

— Je ne peux pas tout dire, murmura-t-elle d'un air égaré, on m'en empêche... Ils sont puissants, ils sont opiniâtres... Ils sont deux qui s'acharnent, deux qui se cachent pour faire leur mauvaise besogne, comme des apaches au coin d'une porte... Je ne peux pas les voir... Ma volonté n'est pas assez vaillante... Tout à l'heure, je luttais, je me débattais, j'ai cru qu'ils allaient m'étouffer...

— Essayez de voir!... Faites un effort!... Les êtres qui supplicient cette dame appartiennent-ils à la terre?

Mme d'Eleusis se dressa, les bras levés dans un geste emphatique, la voix exaltée, pareille à l'antique Pythie qui, debout sur le trépied, parmi les vapeurs sacrées, publiait les oracles apolloniens.

— Ne me demandez pas cela!... Nous voici au seuil du mystère redoutable... Mes yeux voient ce qu'ils ne doivent pas voir... Je ne peux pas parler. On ne veut pas... Mais dites à cette dame de fuir, de s'en aller très loin, très loin, sans laisser aucune trace derrière elle... Aucune trace, entendez-vous, aucune trace... Et peut-être, alors, peut-être échappera-t-elle à l'obsession... S'en aller, tout de suite, loin, loin...

Et Mme d'Eleusis, accablée, s'assit en soupirant sur son tabouret hexagonal.

— C'est épuisant, dit-elle, en reprenant son timbre naturel. Je suis brisée... Je ne sais pas s'il existe de profession plus fatigante.

John White remit à Mme d'Eleusis les trente francs qu'il lui donnait habituellement et revint en vitesse à l'agence Lynx.

On l'attendait impatiemment.

— Eh bien, demanda l'incrédule Joseph Prick, nous apportez-vous l'identité du sieur X... ?

— Je vous apporte la certitude que nous nous battons contre des revenants...

Et John White entreprit le récit de la consultation.

— Mme d'Eleusis, conclut Joseph Prick, vous a décrit Mme Vergelle parce qu'elle excelle dans la lecture de la pensée, qui est un phénomène banal et facilement explicable. Vous lui apportiez, dans votre mémoire, devant elle, le portrait de cette malheureuse Mme Vergelle. Mais quand il s'est agi de fournir des détails précis sur le ou sur les criminels qui ont entrepris de la faire mourir à petit feu, elle n'a rien trouvé, parce que vous ne saviez rien vous-même et que vous ne pouviez pas la mettre sur la voie... « On me défend de parler... Je vais mourir si je parle... » Tout ça, mon cher, c'est du boniment...

— Tout de même, elle a bien vu qu'ils étaient deux...

— Qu'ils étaient deux?... Qui donc, s'il vous plaît!...

— Vergelle, d'abord, et Honizet, cet individu qui s'est tué par désespoir d'amour dans l'appartement de Mme Vergelle...

Joseph Prick éclata d'un rire sarcastique.

— Et vous croyez, vous, John White, un homme de votre âge, que ce sont ces deux imbéciles, ces deux cornards, qui unissent leurs efforts pour se payer notre figure et embarquer Mme Vergelle droit vers la folie!... Eh bien, moi, plus affirmativement que jamais, je vous répète que le sieur X... est un individu bâti comme vous et moi!... Et je veux le confondre, cet oiseau-là!... J'aurai sa peau!

— Ou il aura la vôtre...

— Je suis d'accord avec Mme d'Eleusis sur un point, dit Mlle Harvette : c'est qu'il faut que Mme Vergelle quitte Paris le plus tôt possible et s'en aille très loin, dans un endroit qui demeurera ignoré de ses parents, de ses amis, de nous-mêmes. Et vous verrez que le sieur X... perdra sa trace... Pendant ce temps-là, nous travaillerons... D'ailleurs il n'est peut-être pas très difficile d'échapper à l'emprise du sieur X... Je me flatte de l'avoir gentiment semé, depuis hier...

On frappa à la porte du cabinet de Marcilly.

— Qu'est-ce que ça peut être? dit-il, troublé d'un pressentiment. J'avais défendu qu'on nous dérangeât... Entrez...

Un employé parut, qui balbutia :

— Monsieur, je me suis permis... Le cas est urgent... La domestique de Mlle Harvette est là... Il paraît qu'elle a une nouvelle grave à lui communiquer...

— Vite, faites-la entrer...

Une onde d'inquiétude altéra les physionomies.

Elodie s'avança sous un chapeau grotesque, surchargé de roses et de rubans.

— Mademoiselle, c'est cette dame... Elle a reçu un pneumatique... Rien qu'à le voir, elle s'est évanouie... Je l'ai soignée, elle est revenue à elle... Elle a ouvert le pneumatique... Alors, elle a crié, elle a pleuré... Elle avait l'air d'une folle... Elle disait comme ça : « Il faut en finir!... Il faut en finir!... Il n'a pas le droit de me torturer ainsi!... » Elle a pris son chapeau, sa cape. Elle est descendue... J'ai voulu la suivre... Un taxi passait avenue du Président-Wilson... Elle l'a arrêté, elle a donné une adresse, elle est partie... Et je suis restée comme une bête sur le trottoir...

— Tu as entendu l'adresse?

— Oui... Non... J'étais si émue... C'est un nom comme debout...

— Rue Taitbout?

— C'est ça, mademoiselle, c'est ça, rue Taitbout.

— Chez Ladvocat!... Elle est perdue!...

— Vous voyez bien, triompha John White, que nous sommes dans le surnaturel!... Le sieur X... a bien su la retrouver!...

— Pardon, pas le sieur X..., riposta Joseph Prick, pas le sieur X..., mais le nommé Ladvocat... Vous croyez que ce mari rongé de jalousie posthume serait assez bête pour envoyer sa femme chez un rival!...

— Ça, rétorqua John White, c'est une conséquence qu'il ne prévoyait pas... Les morts, comme les vivants, peuvent se mettre le doigt dans l'œil...

— Voyons, mon cher, vous êtes fou! glapit Joseph Prick, agacé.

— Messieurs, messieurs, du calme, trancha Marcilly. Vous continuerez cette discussion à un autre moment. Le petit bleu, qu'est devenu le petit bleu?

— Je l'ai, monsieur, je l'ai! fit la frétillante Elodie en sortant une enveloppe de son sac.

— Vous ne pouviez pas le dire plus tôt! s'emporta Marcilly. Est-elle stupide! Et laissez-nous... Attendez dans cette pièce-là, à côté...

Et Marcilly poussa énergiquement vers un huis Elodie qui tournait comme une toupie, tandis que les roses de son chapeau s'agitaient en houle.

Et, dans un silence tissu d'épouvante, il lut ce pneumatique, adressé rue Debrousse à Mme Vergelle, chez Mlle Harvette, écrit sur papier de deuil et mis, comme le premier reçu, au bureau central du vingtième arrondissement, à quelques pas du Père-Lachaise :

« Ma chère femme,

« C'est moi, c'est encore moi, c'est toujours moi...

« Les morts, vois-tu, ont la vie dure... Ils ont l'éternité devant eux, pour souffrir, pour aimer, pour haïr, pour châtier...

« Je t'ai pourtant défendu de voir celui qui t'a volée à moi.

« Je t'ai dit que je vous suivrais partout. Je te répète qu'il n'est pas d'endroit où tu puisses te cacher. Je te retrouverai partout.

« Je te donne un dernier avertissement : si tu oses revoir Jacques Miroulier, c'est à lui que je m'en prendrai.

« Je l'exècre d'une inexorable détestation.

« Ma vengeance est prête. Il y a six semaines que je la prépare, que je la rumine, que je la parfais... Je veux qu'il souffre et il souffrira.

« Je te dirai un jour toutes les tortures que cet homme m'a infligées. Tu me plaindras et tu comprendras ma haine.

« Je veux que maintenant tu me sois fidèle.

« Je suis près de toi, mon double repose à tes côtés pendant la nuit, tandis que mon corps se désagrège dans la terre.

« Cet homme m'a trompé lorsque je vivais, mais je ne voyais pas vos baisers.

« Maintenant, je vois tout, et je ne veux plus, je ne veux plus...

« Je t'embrasse de toute ma douleur et de toute ma tendresse.

« Louis VERGELLE. »

— Cette fois, dit avec une lourde tristesse Mlle Harvette, je m'avoue vaincue... Il y a là quelque chose qui est au-dessus de notre raison, au-delà de nous-mêmes...

— Mme d'Eleusis a tout de même vu clair, hélas! fit John White.

— Eh bien, moi, affirma Joseph Prick, je reste sceptique, car je remarque une chose : c'est que depuis que le sieur X... menace Miroulier, Miroulier se porte bien...

— Nous épiloguerons là-dessus plus tard, dit Marcilly. L'important, pour l'instant, est de savoir ce qu'est devenue Mme Vergelle...

XII

LE LOUP ET L'AGNELLE

Quand Jeanne Vergelle descendit de voiture, devant les bureaux de Léon Ladvocat, rue Taitbout, une forte perplexité ébranlait son âme et se répercutait dans sa chair en ondes fébriles.

Sa main tremblait. Son cœur cabriolait comme un écureuil en cage. Des frissons la cinglaient.

Son regard se fixait avec une anxieuse hébétude sur la plaque de cuivre où se détachaient ces mots « Contentieux international ».

Irait-elle voir Ladvocat?

Ou, pour fuir l'homme qu'une irrésistible intuition lui représentait comme le maître cruel de son destin, remonterait-elle dans ce taxi dont le chauffeur avait reçu l'ordre de l'attendre?

Fuir Ladvocat, était-ce fuir la fureur persécutrice, était-ce fuir l'ombre jalouse?

Oh! comme elle eût voulu s'évader à des centaines de kilomètres de Paris où la traquait une coalition d'ennemis invisibles!...

Tantôt, une voix silencieuse et pressante lui criait : « Va-t'en! Va-t'en! Cours te cacher dans la petite île de palmiers et de pins, perdue parmi la mer comme une étoile dans la nuit!... Tu y trouveras quiétude et bonheur, tu seras une autre femme sous d'autres cieux... »

Quelques secondes plus tard, c'était un autre son, non moins impérieux : « Tu reçois le salaire de ta trahison... Le responsable, celui qui attire sur toi ces justes représailles, c'est ton complice, c'est Jacques Miroulier... L'aube du salut brillera quand tu auras rejeté loin de toi la guenille de ton amour, quand tu apaiseras ce spectre irrité qui rôde derrière tes voiles de veuve... Alors, peut-être, le pardon viendra-t-il... »

Où aller, que devenir, si elle s'arrachait de Jacques?

Il fallait rompre avec tout ce qui le touchait. Il fallait passer dans le camp adverse. Renier Jacques c'était se déclarer pour Ladvocat, se remettre à sa discrétion.

Tiraillée dans un sens, poussée dans un autre, elle appelait inconsciemment une solution qui eût mis sa faiblesse en face du fait accompli. Et, comme tous les débiles, elle subissait le prestige de la force. Elle allait vers Ladvocat parce que Ladvocat représentait à ses yeux une volonté âpre, une tyrannie inflexible.

Mais, prête à s'abandonner à cette volonté, prête à subir sa défaite, son amour et sa conscience connaissaient encore des sursauts de révolte.

Comme la désespérée qui va demander aux ténèbres fluviales un remède à l'horreur de vivre, se roidit devant l'onde homicide, sent s'élever du fond de sa jeunesse et de ses fibres une ultime protestation, Jeanne, à l'instant de sombrer dans une abdication complète, tergiversait, cherchait à reculer la seconde fatale...

Elle regardait avec frayeur ce rectangle de cuivre qui luisait comme un œil de fauve. Il lui semblait que le métal s'animait pour la fasciner. Dans ses reflets jaunes, elle retrouvait l'éclair dur de l'iris, brun à filaments dorés, de Léon Ladvocat.

Elle s'avança sous la voûte.

Pourquoi avançait-elle?

Pourquoi ne regagnait-elle pas sa voiture?

Quelque chose la guidait, l'entraînait dans la carence de son libre arbitre. Et à chaque pas qu'elle faisait vers la servitude, une sorte d'apaisement se répandait en elle. Elle éprouvait une morne volupté à subir, à s'humilier...

La glace du vestibule lui renvoya son effigie. Le mois de juillet autorisait que le piqué blanc remplaçât les lainages dans ses vêtements de deuil. Elle tenait sur son bras une cape légère de crêpe marocain. Elle l'ajusta sur ses épaules, en prenant grand soin que son voile retombât par dessus en flexions eurythmiques. Il lui paraissait plus décent de paraître devant Ladvocat tout environnée de sombres plis. On apercevait le blanc de la blouse et de la jupe dans l'entrebâillement de la cape. Elle ressemblait à une statue de marbre parée de funèbres draperies, à une statue de la douleur pour mausolée élégant.

Elle disciplina une mèche de cheveux qui s'envolait avec un air de gaminerie de sous sa cloche au bandeau pâle. Elle se mit de la poudre, passa un soupçon de rouge sur ses lèvres, ne put s'empêcher d'admirer que le blond de ses cheveux s'allumât, dans l'ombre du voile, d'un or si fastueux.

Car l'instinct de coquetterie, mieux encore que l'amour, qu'il précède et qu'il régit, est plus fort que la mort.

Jeanne monta les deux étages. Sur le palier, elle n'eut plus d'hésitation.

Son parti était pris.

Elle se sentait happée maintenant dans un engrenage qui broyait toute résistance. Sa vie ne lui appartenait plus. C'était une pâte inconsistante qu'un autre pétrirait à sa guise.

Elle poussa la porte.

A une petite table, une dactylo était assise qui demandait les communications téléphoniques et annonçait les visiteurs.

Jeanne lui tendit une carte qui fut d'abord remise à Florian Lavertu.

Celui-ci se précipita comme un fou chez son patron.

— Monsieur, c'est Mme Vergelle...

— Eh bien, pourquoi prendre cette figure d'ahuri? lui décocha Léon Ladvocat. Il me semble assez naturel que Mme Vergelle vienne voir l'associé de son mari. Elle est seule?

— Toute seule, oui, monsieur...

— Bien... Vous lui direz que je suis à elle dans une minute... Vous la ferez entrer dès que je sonnerai...

Florian sortit en exécutant un grand salut plongeant, qui laissa apercevoir une place claire dans le buisson de sa chevelure frisée, telle une roche granitique au milieu d'une colline de rousses bruyères d'automne.

La stupeur le jugulait. Et l'étendard de son vaste nez, bleu vers les yeux, amarante aux narines, avec un pont en dos d'âne d'un blanc malade, perdait de sa ressemblance avec un lampion de fête nationale. Le bleu se violaçait, le blanc verdissait, l'amarante passait au zinzolin.

Florian disparu, Ladvocat modifia sa contenance.

Ce n'était pas sans une lutte énergique contre son émotion qu'il était parvenu à se dominer devant son employé.

Il aspira l'air longuement, comme un homme qui vient de fournir un effort intense. Il se mit à marcher à travers son cabinet en s'éventant avec son mouchoir.

Une bibliothèque grillagée et habillée de rideaux verts régnait derrière son bureau. Il en ouvrit une des portes, prit une bouteille d'eau minérale, en but un verre, saisit un peigne, arrangea sa cravate, se vaporisa.

Il étala des dossiers sur son bureau, pour se donner l'allure d'un homme plongé dans l'étude d'affaires importantes.

Il se mira une dernière fois.

Il sonna.

Jeanne parut : elle traînait dans ses voiles une splendeur blessée.

Il s'avança vers elle, lui baisa la main, la fit asseoir.

— Je suis heureux, très heureux de vous voir, chère madame, dit-il. N'ayant point de vos nouvelles depuis assez longtemps, je craignais que vous ne fussiez souffrante.

— J'ai été un peu souffrante, en effet, répondit-elle comme pour excuser sa pâleur et son air exténué.

— Je me suis inquiété de votre santé. J'ai voulu téléphoner chez vous. Je n'ai pas eu la communication. Aux renseignements, on m'a dit que vous aviez fait supprimer votre téléphone.

— J'avais les nerfs tellement à vif que la sonnerie me rendit malade, expliqua-t-elle d'une voix blanche.

Elle hésita pendant quelques secondes, puis elle se leva, accusatrice, se jeta dans l'explication qu'elle provoquait comme on se jette à l'eau.

— Vous savez bien pourquoi j'ai fait supprimer le téléphone!...

— Je ne comprends pas, chère madame... Que voulez-vous dire?...

— Si, monsieur, vous comprenez très bien... Et si je suis venue aujourd'hui, c'est pour vous dire qu'il est abominablement lâche de me torturer comme vous le faites...

— *Supprimez la cause directe du mal en cessant de voir M. Miroulier* (p. 35).

— Madame, je comprends de moins en moins.

— Quel but poursuivez-vous?... Voulez-vous me tuer?... Est-ce que je vous gêne?... Est-ce que je contrarie vos plans?... Parlez, monsieur, parlez... Je suis prête à tout entendre. Mais ne me laissez pas plus longtemps dans les implacables tourments où vous m'avez plongée.

Léon Ladvocat s'approcha de Jeanne Vergelle.

— Madame, regardez-moi bien en face, dit-il. Ai-je la figure d'un bourreau ou d'un assassin?

Effrayée des paroles qu'il venait de prononcer, elle posa timidement ses regards sur ce visage aux traits réguliers et durs, un peu empâtés, avec deux rides profondes qui, partant des ailes du nez, formaient avec la bouche épaisse, accentuée d'une moustache trop noire pour n'être pas teinte, un triangle violent. Noirs aussi, les cheveux, d'un noir agressif, laqués de cosmétique.

Les yeux bruns et cuivrés brillaient sous les sourcils touffus, qui, conjugués à la naissance du nez, signalaient un tempérament jaloux.

La physionomie affirmait une volonté despotique en même temps qu'une grande maîtrise de soi : un César en veston, avec des bajoues.

Ladvocat se pencha vers elle. Elle vit de près ses sclérotiques sanguinolentes et le petit liséré bleuâtre où nageait l'iris fulgurant. Il répéta sa question:

— Répondez-moi, madame : ai-je la figure d'un assassin?

Le visage de Ladvocat était si près du sien qu'elle eut peur qu'il ne cherchât à l'embrasser. Elle sentait qu'elle n'eût pas osé se dérober, figée de terreur.

— Je ne dis pas que vous êtes un assassin, murmura-t-elle. Je dis que la persécution qu'on m'inflige est horrible...

— Mais quelle persécution, madame?...

— Voyons, monsieur, vous savez bien...

Il répondit avec une surprise si naturelle qu'il ignorait ce qu'elle voulait dire qu'elle demeura décontenancée.

Elle résuma son calvaire en quelques phrases hachées : les pneus, les coups de téléphone incessants, la Marche de Chopin dans les récepteurs, les portraits retournés, puis sa fuite à Bois-le-Roi et l'apparition de son mari à la fenêtre, et la tête de mort imprimée sur son linge...

Elle avoua, prostrée, la tête basse, son adultère...

Il protesta avec un accent de sincérité véhément qui la troubla :

— Et c'est moi qu'on accuserait, à Bois-le-Roi, d'avoir voulu vous terroriser, moi qui ne pouvais pas savoir où vous étiez!... Tout cela est enfantin!... Moi qui suis pris par mes affaires du matin au soir! Il faut beaucoup de loisirs, pour ordonner des mises en scène aussi compliquées... Et dans quel but, madame, dans quel but aurais-je réalisé ce piètre scénario à la Caligari?... Peut-être pour vous pousser à une demi-folie et me faire donner quitus des deux cent mille francs que je vous dois?... Avouez-le : c'est certainement ce que vos amis ont dû vous dire...

— Ne croyez pas qu'on m'ait dit cela, fit Jeanne désarçonnée.

— Je vous ai dit, madame, que je pourrais vous restituer tout de suite la moitié de cette somme... Vous avez disparu brusquement et je n'ai pu mettre ce projet à exécution... Je devais vous donner l'autre moitié au bout de quelques mois, à moins que vous n'eussiez préféré laisser la somme chez moi... Je vous proposais, d'ailleurs, un loyer de cet argent fort honnête, en mémoire de mon ami Vergelle... Eh bien!... madame, puisque l'on me soupçonne, je vais vous rendre immédiatement ces deux cent mille francs...

— Mais, non, monsieur, c'est inutile, fit Jeanne, de plus en plus stupéfaite.

— J'y tiens absolument, chère madame.

Léon Ladvocat avait tiré un carnet d'un tiroir.

— D'ailleurs, ajouta-t-il en rédigeant son chèque, ce paiement ne me gêne pas du tout pour l'instant. J'avais en Belgique une affaire de moteurs d'autos qui paraissait flancher... Tout est arrangé... Nous venons de vendre le brevet à une grande compagnie anglo-belge... Nous aurions préféré traiter avec une marque française... Mais on ne nous a pas fait confiance... Je crois que l'électro-moteur idéal est trouvé... Ah! vous entendrez parler de cette invention-là. Voici votre chèque, chère madame. Je l'ai barré : pour une somme importante, c'est plus prudent...

Jeanne serra le chèque dans son sac. Elle n'en croyait pas ses yeux. D'instant en instant, ses soupçons, ses préventions contre Ladvocat tombaient.

— Et maintenant, madame, un conseil. Il y a évidemment quelqu'un, qu'il habite sur la terre ou qu'il l'ait quittée, qui organise la persécution dont vous êtes victime... Vous venez de m'avouer, dans un élan de franchise dont je vous suis reconnaissant, le secret de votre vie... Ce secret, madame, n'en était pas un pour moi... J'avais reçu les confidences de votre mari...

— De mon mari?... Mon mari savait?...

— Oui, madame, votre mari savait... Votre mari, madame, a eu de grands torts... Ces torts, je ne veux point les évoquer, car la mort efface tout... Vous n'avez pas eu le bonheur que méritait une femme telle que vous... Je le sais, madame, je le sais trop, et vos vrais amis l'ont plus souvent déploré que vous ne l'imaginez... Votre mari a peut-être racheté une partie de ses torts par ses souffrances...

— Ses souffrances?... Mais mon mari me trompait de la façon la plus scandaleuse...

— Il vous adorait, madame...

— Il se grisait...

— Il se grisait pour oublier qu'il était indigne de vous... L'alcool est le grand dictame des faibles.

— Il était brutal... Il avait parfois l'injure à la bouche...

— Il était brutal pour ne pas éclater en sanglots. Il avait l'injure à la bouche pour ne pas vous crier: « Pardon! »

— Alors, vraiment, vous croyez qu'un homme peut aimer une femme et la tromper...

— Oui, si elle représente pour lui l'inaccessible. Il cherche à apaiser sur des figurantes la passion qui le dévore... Votre mari, madame, a souffert abominablement quand il a su que vous le trompiez avec M. Miroulier... Vous ne sauriez croire à quel point il a pu être jaloux de cet homme. D'ailleurs, madame, la preuve que cette jalousie était d'une virulence inouïe, c'est qu'elle vous poursuit aujourd'hui au-delà de la tombe...

— Ah! monsieur Ladvocat, vraiment, vous croyez que c'est Louis qui s'acharne à me traquer...

— Mais qui voulez-vous que ce soit, si ce n'est lui? Qui aurait un motif véritable de vous poursuivre en tous lieux, si ce n'est lui? Qui pourrait être partout à la fois, voir à travers les murs, vous découvrir quand vous vous croyez à l'abri, vous retrouver partout et toujours, malgré toutes les précautions que vous pouvez prendre, qui, si ce n'est lui, qui vous voit maintenant avec les yeux de l'esprit? D'ailleurs, chère madame, vous avez un moyen bien simple de vous en assurer. Obéissez aux injonctions de votre mari, cessez d'alarmer sa jalousie, cessez de le faire souffrir, et vous verrez que tout rentrera dans l'ordre. Ayez le courage de consigner votre porte à M. Miroulier, et vous verrez le résultat. D'ailleurs, madame, si M. Miroulier vous aimait vraiment, il y a longtemps qu'il se serait éloigné, en voyant à quelle affreuse vengeance il vous expose... Avouez-le, ce n'est guère généreux de sa part.

— Il ne voulait pas croire...

— C'est facile à dire!... Naturellement, comme ce

n'était pas lui la victime, il s'en lavait les mains... C'est d'une grandeur d'âme!... Vraiment, madame, après un mari qui vous délaissait, ne trouver pour toute consolation qu'un tel égoïsme, qu'une telle pleutrerie!... Mais excusez-moi, madame, je n'ai pas à juger M. Miroulier... Je me reconnais simplement le droit, en souvenir de votre mari, et en raison des sentiments de respectueux dévouement que vous m'avez toujours inspirés, de vous donner ce conseil : si vous ne voulez pas devenir folle, si vous ne voulez pas mourir de chagrin, supprimez la cause directe du mal en cessant de voir M. Miroulier... Et sachez de quel côté sont vos véritables amis...

— Ah! mon Dieu, monsieur, faut-il que je retrouve quelque sérénité au prix d'un tel déchirement !...

— Qui vous dit que la vie ne vous réservera pas de douces compensation ? Louis était jaloux de M. Miroulier parce que M. Miroulier vous avait enlevée à lui sans espoir de retour... Mais le serait-il d'un honnête homme qui viendrait, quand votre deuil sera terminé, vous supplier d'embellir un foyer honorable ?... Cela, je ne le crois pas ! Et si je vous le dis avec tant d'assurance, c'est parce que, je vous le répète, j'ai été le plus intime confident de votre mari... Revenez me voir de temps en temps, chère madame, et mettez mon dévouement à l'épreuve...

Léon Ladvocat baisa la main de la visiteuse et la reconduisit jusque sur le palier avec la plus parfaite courtoisie.

Leurs regards se mêlèrent. Jeanne sentit la brûlure d'une volonté incoercible.

Elle était rassérénée.

Sa faiblesse avait trouvé un maître.

XIII

L'ILE ROUSSILLE

Un canot à pétrole avait amené Jacques Miroulier et Jeanne Vergelle au petit port de cette île minuscule de la baie d'Hyères, l'Ile-Roussille, que le frère de Jacques avait acquise, avant la guerre, d'un négociant marseillais, pour quelques milliers de francs. Ingénieur, Pierre Miroulier dirigeait alors des ateliers de construction maritime à La Seyne. Après les hostilités, il avait retrouvé une situation plus importante en Alsace et n'était plus retourné dans son île qu'à de rares intervalles, pour y faire de brèves apparitions.

Il y avait néanmoins laissé un ménage de jardiniers qui y cultivaient des primeurs et qui entretenaient la roseraie. Il rêvait, chaque hiver, de pouvoir y passer deux mois entiers, dans l'africaine féerie que le printemps y dispensait. Mais il ne trouvait jamais le temps de réaliser ce désir qui soutenait son énergie d'une vision enchanteresse, au cours des mois d'hiver, quand la neige venait purifier la crasse de la sombre cité industrielle où sa profession l'enchaînait.

C'était un rocher pas beaucoup plus long que les transatlantiques géants que l'on construit aujourd'hui, mais qui retenait assez de terre arable pour enfanter une végétation luxuriante : eucalyptus, mimosas, pins parasols, figuiers, cactus, aloès, palmiers, arbousiers, oliviers, myrtes, cistes prospéraient pêle-mêle dans cette lilliputienne oasis cernée d'un désert d'améthyste.

Et si, à l'horizon, on n'eût aperçu quelques points bleuâtres qui étaient une côte et des îles, on aurait pu se croire dans un îlot perdu en pleine mer, ignoré des hommes, et où se perpétuaient, en dehors du temps et des vaines civilisations, les splendeurs de l'Eden.

Pierre Miroulier laissait à son frère la jouissance de l'Ile-Roussille, qui avait reçu ce nom du gros bloc de granit rouge qui la dominait. Au nord, il élevait presque à pic une muraille titanique de deux cents pieds, creusée de larges fissures habitées par des mouettes et des goélands. Le sol s'abaissait peu à peu en un majestueux escalier descendant vers la mer jusqu'à l'autre extrémité de l'île, qui dominait encore le flot d'une quinzaine de mètres et où régnaient, encadrant une plage de poupée, des éboulis de roches pourpres.

Au milieu de l'îlot s'enfonçait une calanque qui formait un havre très abrité, avec un quai d'accostage cimenté. Des barques y étaient amarrées, ainsi qu'un petit yacht à pétrole pour lequel on avait aménagé une manière de bassin.

C'était à vingt mètres du port qu'était construite, contre le rocher, la maison d'habitation, précédée d'ifs géométriques et de portiques où grimpaient des roses.

Elle était longue, vaste et simple, à un seul étage, alignant douze fenêtres aux volets épais, peints en vert, percés d'un cœur, couverte d'un toit presque plat en tuiles rondes et roses.

A côté de la maison, en plein roc, était creusée une vaste citerne qu'alimentaient les eaux pluviales. Au plus fort de l'été, elle contenait encore une réserve de vingt mille litres d'eau aussi fraîche que si elle sortait d'un alcazar. Elle avait été construite soixante ans auparavant par un misanthrope qui voulait finir ses jours sur l'Ile-Roussille, dans une solitude confortable.

A vingt-cinq mètres de la demeure qu'il avait conçue, bien appuyée au roc pour qu'on n'y souffrît point de la canicule, s'élevait la maison du jardinier, blottie au fond de la calanque.

L'Ile-Roussille ne recevait pas la visite du facteur.

Tous les huit jours, le jardinier s'en allait avec le canot à pétrole au Lavandou, pour acheter quelques provisions d'épicerie et chercher son courrier à la poste.

Il vivait d'ailleurs presque entièrement de son île, pêchait, chassait la grive, la bécasse, le canard sauvage, mangeait ses volailles, ses lapins, ses salaisons, ses palombes.

C'était presque un Robinson, accompagné d'un Vendredi en jupons qui l'aidait à faire pousser des primeurs et des fleurs qu'il vendait à Hyères et qui s'en allaient en Angleterre, dans ces grands rapides à claire-voie qui laissent un sillage parfumé et qui ont le pas sur les express de voyageurs.

Mais ce Robinson-là ne méprisait point les découvertes de la science moderne. S'il ne recevait pas de journaux, les nouvelles venaient à lui sur l'aile mystérieuse des ondes de la T.S.F., dont Pierre Miroulier avait installé un poste puissant, ne voulant pas, quand par hasard il séjournait à l'Ile-Roussille, être sevré de communications avec le monde.

Et, chaque soir, un haut-parleur apprenait à Marius Costalade et à Naïs, son épouse, les événements importants de la planète, les régalant de musique et parfois d'éloquence officielle.

Jacques Miroulier et Jeanne Vergelle avait reconquis, après un séjour de deux semaines à l'Ile-Roussille, le calme de leurs nerfs et presque la sécurité de leur amour.

Captifs du rocher paradisiaque, couvert d'une végétation plantureuse et odoriférante, dans la magnifique fulguration d'un double azur, mer lumineuse, ciel frémissant, dans cette orgie de couleurs, de sèves, de chaleur, ils s'acagnardaient, ils goûtaient la douceur d'une vie animale et saine.

L'île était exiguë, mais c'était tout un monde. On y trouvait une montagne, un val, une plaine, un port en miniature, les essences d'arbres les plus différentes, des fleurs à foison, des cultures. Elle était toute bruissante de chants d'oiseaux et de cigales. La vie prodigieuse de la nature, le papillotement des ailes, le jet diapré des insectes, l'orbe neigeux des mouettes, le bond chinchilla d'un garenne, le frémissement des fourrés peuplaient sa solitude.

Marius, natif de l'Estaque, contait de bonnes histoires de Marseille. Il faisait d'excellentes pêches, mais qui prenaient dans ses récits couleur de pêches miraculeuses.

— Il y avait tellement de poissons, ce matin, té, que je ne pouvais plus ramer ! Un peu plus, ils me soulevaient le bateau, pas moins !

Mais quelles merveilleuses bouillabaisses confectionnait Naïs Costalade, une enfant d'Aubagne, sèche, remuante, toute en gestes et en paroles !

Elle prétendait être une des dernières Provençales à respecter la tradition de la vraie bouillabaisse, composée de rascasses, de roucaous, de rougets, de loups, de saint-pierres, de vives, de petites langoustes et aussi de pommes de terre... Il fallait que le poisson vînt d'être pêché : pour qu'il fût plus frais, elle eût même voulu faire cuire la bouillabaisse en plein air, quand la barque rentrait, sur un feu de branches de pin, dans la calanque.

Elle seule savait les proportions exactes de fenouil, de safran, d'ail, d'huile, et se lançait dans de grandes théories sur les plantes aromatiques qui doivent accompagner la bouillabaisse. Si la sienne était meilleure que celle des gens des Martigues, à qui elle reconnaissait une remarquable virtuosité dans la confection de ce plat de noble et lyrique saveur, c'était parce que son île lui fournissait, pour en parfaire le goût, des plantes qu'on ne trouvait pas ailleurs, et dont elle mettait simplement une ou deux petites feuilles dans sa marmite.

Naïs triomphait encore dans l'aïoli, le lapereau aux cèpes, le bœuf à l'estouffade, le pâté de bécasses.

Marius déplorait que ce ne fût pas la saison de la bécasse :

— Vous ne croirez jamais combien on peut tuer le bécasses à l'Ile-Roussille ! Elles y viennent faire un petit tour, au moment de la migration... Tenez, au mois d'octobre dernier, aussi vrai que je m'appelle Marius et que je suis né natif de l'Estaque, il en est passé ici toute une légion qui s'en allaient en Afrique... Il y en avait tellement que ça en a fait une éclipse de soleil !... Je tirais dans le tas : il en tombait dix, il en tombait cent, il en tombait mille... Je me suis arrêté : l'île aurait été couverte de bécasses !... Elles me venaient déjà aux genoux...

— Sans compter, ajouta Jacques, qu'il en serait tombé dans la mer et que ça aurait pu faire monter l'eau dans le Vieux-Port à Marseille... Vous ne voyez pas le quai des Belges inondé, les trams pataugeant dans l'eau sur la Cannebière !...

— Ces Parisiens !... Ils exagèrent toujours !... Et ça blague les gens du Midi !

Des sentiers traversaient l'île en tous sens. Un chemin pittoresque en faisait le tour, escaladant au nord le rocher dressé à pic, au sommet duquel les deux exilés s'enivraient de lumière et d'infini. Jacques et Jeanne y venaient admirer des couchers de soleil nourris d'antithèses pathétiques, mobiles comme la vague, entassant des architectures de nacre, d'or et de rubis, ouvrant des fournaises gigantesques, lançant des chevauchées d'apocalypse, ordonnant leur fresque innombrable avec des coulées de métal et des jaillissements de gemmes.

Le départ s'était accompli avec une soudaineté brutale.

En sortant du « Contentieux international », Jeanne avait trouvé une vieille dame dans le taxi qui l'attendait.

Cette vieille dame était tout simplement Lucie Harvette.

— Pardon, madame, avait balbutié Mme Vergelle, cette voiture est la mienne...

— Oui, Jeanne, je le sais... Je suis votre amie Lucie, un peu changée pour la circonstance... Montez...

— Mais où allons-nous ?

— Montez... Ne vous occupez de rien...

Lucie avait refermé la portière. Le taxi était parti, avait pris la rue de Châteaudun et filé dans la direction de la gare Saint-Lazare.

— Enfin, Lucie, dites-moi où vous m'emmenez !

— Chez une amie sûre, Mme Louise Virid...

— Mais comment vous êtes-vous trouvée à la porte, là, pour m'attendre ?... C'est extraordinaire; cela tient de la magie...

— C'est tout juste si vous ne me dites pas que ces procédés rappelle ceux du sieur X... C'est pourtant bien simple : après votre départ, Elodie est venue nous dire que vous vous étiez sauvée comme une folle et nous a montré le petit bleu que vous veniez de recevoir, dernière manifestation du sieur X... Elle a entendu que vous donniez au chauffeur une adresse rue Taitbout... C'était clair... M'affubler d'une perruque, courir immédiatement rue Taitbout pour savoir ce que vous deveniez, c'était l'enfance de l'art. Un taxi devant la porte ; j'interviewe le chauffeur. J'ai la chance que ce soit votre taxi, cette chance qui est notre meilleure collaboratrice à nous autres détectives... Je vous attends, bien décidée à vous enlever quand vous sortiriez... D'ailleurs, il y avait faisant les cent pas, sur le trottoir, deux personnes qui m'eussent prêté main forte, John White, excellent boxeur, champion, dans son pays, des poids moyens amateurs, aidé d'une bonne frappe dévouée corps et âme au patron, qui l'a sauvée de la misère et même du bagne en la remettant dans le droit chemin, et que nous employons dans les grandes circonstances et les coups durs... Vous auriez pu sortir avec M. Ladvocat : je vous emmenais quand même et il restait sur le trottoir avec, s'il avait fait le méchant, un œil au beurre noir. Maintenant, à vous ! que s'est-il passé ?...

— M. Ladvocat a été d'une parfaite correction...

— Tiens, tiens...

— D'une courtoisie, je dirais même d'une délicatesse...

— Evidemment, on ne prend pas les mouches, et surtout les fines mouches, avec du vinaigre. Racontez-moi, aussi exactement que possible, ce qui s'est passé...

Quand Jeanne en arriva à la remise du chèque, un hoquet de surprise coupa la respiration de Lucie Harvette.

Elle voulut voir le chèque, l'examina, le flaira, le palpa. Elle insista pour que Mme Vergelle le déposât sur l'heure à la succursale de la banque où elle avait un compte-courant, rue de Passy.

— Si ce chèque est payé, dit-elle, cela renverse toutes mes théories... A moins que... Voyons, terminez vite votre récit...

Jeanne exposa que Ladvocat l'avait engagée à revenir le voir. Il était son véritable, son seul ami. Il fallait rompre à jamais avec Jacques Miroulier, cause directe de la persécution qu'elle subissait.

— Conclusion : Jacques est votre mauvais génie; Ladvocat, votre ange gardien... Qu'allez-vous faire ?...

— Je ne sais pas... Je n'ai plus de libre arbitre... Cet homme exerce sur moi la plus étrange attraction... Il m'aurait dit tout à l'heure : « Restez ici ! » que je serais restée... Devant lui, je me sens une toute petite fille en face d'un papa croquemitaine... J'ai peur de lui; sa personne physique, qui respire la violence et l'orgueil, son regard dominateur, tout cela m'est odieux, et cependant je me sens attirée vers lui par je ne sais quelle perverse lâcheté... Et je tremble de m'analyser, de découvrir au fond de moi-même d'impurs levains, une malsaine, une horrible complaisance devant la force, devant le rapt, je ne sais quels poisons ataviques légués par les âges où la femme était la proie du plus fort... Et, cependant, je vous jure, j'aime Jacques, j'adore Jacques... Je suis très malheureuse; j'ai perdu ma volonté et je me débats dans les ténèbres de l'inconscient...Je me cherche en vain : je suis un être métamorphosé malgré lui... J'ai honte de moi... Je capitule... Je deviens amorale...

— La femme, ma chère Jeanne, est toujours la proie du plus fort, de l'homme qui sait commander, exiger, prendre... La civilisation a arrondi les angles et caché la rigueur des instincts sous les fleurs des madrigaux... Vous êtes une faible et Ladvocat est un fort... Nous allons vous sauver malgré vous... Je ne vous emmène pas chez moi parce que vous y avez été découverte... Allons chez Louise Virid : c'est une femme sûre, vous avez toute confiance en elle... Et vous allez suivre le conseil de votre mari et quitter Paris... Si personne, vous entendez, si personne ne sait où vous êtes, si tous ceux que vous connaissez perdent le contact avec vous, le sieur X... se tiendra tranquille...

— Et s'il ne se tenait pas tranquille ?...

— La situation ne peut pas être plus mauvaise qu'en ce moment. S'il ne s'agissait pas?... Alors... Alors... Mais chassons cette idée : il se tiendra, il doit se tenir tranquille...

Mlle Harvette en était moins persuadée qu'elle n'en voulait avoir l'air. Elle se résolvait à croire qu'il y avait du merveilleux sous cette aventure, un merveilleux qui venait peut-être seconder les désirs d'un quidam bien vivant, mais dont il était difficile à une personne de bonne foi de nier l'intervention.

Mme Vergelle passa la nuit rue Boileau, chez Mme Virid, sa meilleure amie.

Le lendemain, un coup de téléphone à sa banque lui apprenait que le chèque de Ladvocat avait été payé.

Ce règlement parut étrange à Mlle Harvette. Si Ladvocat était le sieur X... ou l'allié du sieur X..., ce n'était donc pas un vulgaire appétit d'argent qui le faisait agir... Fallait-il supposer qu'il aimât Mme Vergelle au point de n'hésiter devant rien pour la conquérir, pour briser son rival ? Mais attribuer toutes les scélératesses du sieur X... à Léon Ladvocat était une absurdité... La vérité était peut-être sortie de la bouche de Léon Ladvocat... Et cet homme qu'on avait chargé de tous les crimes offrait peut-être une âme d'une âpre droiture...

L'Agence Lynx poursuivrait ses investigations. En attendant, le plus sage était de soustraire Jeanne Vergelle à l'influence de l'être qui prenait sur elle un délétère ascendant et d'essayer de la mettre à l'abri, en même temps, des atroces chantages du sieur X...

Jacques et Jeanne, après avoir usé de mille précautions pour n'être pas suivis, étaient partis sans dire « à personne » où ils allaient, et en laissant croire à leurs amis qu'ils se réfugiaient dans un coin perdu du Finistère.

Jeanne n'était pas reparue chez elle. Elle avait chargé Mme Virid de s'occuper de sa maison.

Le courrier ne les suivrait pas.

Ils resteraient un mois entier isolés de toutes leurs relations.

Si, au bout de ce délai, le sieur X... ne s'était pas manifesté, on pourrait le considérer comme vaincu. Jeanne et Jacques reviendraient à Paris, reprendraient contact avec leurs relations, avec la vie, méprisant un ennemi dont la soi-disant puissance surnaturelle était mise en défaut par l'éloignement, un ennemi qui sûrement dévorerait son humiliation en silence.

En leur retraite embaumée, ils s'affermissaient dans le sentiment d'une délivrance de jour en jour plus certaine...

Leur amour s'ébattait dans une liberté heureuse et s'acheminait peu à peu vers une voluptueuse sérénité...

XIV

LA CONFESSION DE LOUIS VERGELLE

Jeanne et Jacques se mettaient à table, dans la salle à manger aux volets clos. Au dehors, la chaleur grésillait. Mais elle ne pénétrait dans cette pièce appuyée contre le roc, fraîche et sonore.

Des arapèdes, petits coquillages coniques et grisâtres dont on faisait ample moisson à l'Ile-Roussille, des palourdes, des oursins les attendaient.

La brave Naïs leur avait promis une bouillabaisse dont ils se délectaient par avance.

Dans la salle à manger ombreuse, Jeanne, en robe blanche et blouse de lingerie, Jacques, en pantalon de flanelle et chemise ouverte, faisaient deux taches claires, deux taches qui se rapprochaient souvent...

Soudain, Marius Costalade entra.

— Excusez-moi, les amoureux, dit-il avec une affectueuse familiarité, mais à la poste, au Lavandou, je viens de trouver une lettre pour vous. Mme Louis Vergelle, aux bons soins de M. Miroulier, à l'Ile-Roussille, par Le Lavandou... C'est bien ça comme adresse, y a pas à barguigner... Aux bons soins de M. Miroulier... Pour être aux bons soins, je pense que la petite dame est aux bons soins. Soignée aux petits oignons... Bon appétit, les amoureux !...

Et Marius Costalade sortit dans un grand éclat de rire, en clignant de l'œil.

Un poignard de glace descendait entre les épaules de Jeanne.

Elle n'osait pas toucher à la lettre.

Ce fut Jacques qui l'ouvrit.

Elle contenait une longue confession écrite de la main de Louis Vergelle, sur un papier à lettre chiffré à ses initiales, que Jeanne reconnut pour être le sien.

« Je n'ai pas su te garder, Jeanne, je n'ai pas su te garder... Je fus l'ouvrier de ma peine, je fus l'artisan de ta trahison...

Je suis un homme à qui l'on avait confié un trésor et qui l'a laissé piller...

Je n'aurais pas dû me marier. J'étais trop enfoncé dans des habitudes de vice et de lâcheté. Mon cœur était irrémédiablement gâté. Mais il persistait en moi un vague appétit d'idéal, je ne sais quelle sentimentalité de romance, lourde et factice.

Il y a beaucoup de débauchés tendres.

Ce sont les pires. Ce sont ceux qui ne s'arracheront jamais de leur fange parfumée. Ils parent leurs débordements d'une sorte de panache. Au risque de salir un beau vocable, je dirai qu'ils les poétisent.

Je n'ai jamais compris la fête que sous certains mensonges de correction. J'étais le monsieur qui endossait un smoking pour s'encanailler. Une bouteille de champagne devant moi, dans son seau de métal, des fleurs, des femmes élégantes, des valets obséquieux, de la musique...

Tout cela créait une pitoyable ambiance de luxe, tout cela frémissait, ondulait, crépitait, piaffait, vous engourdissait de bruit, de mouvement, de couleurs, vous étourdissait d'un kaléidoscope de libertinage en oripeaux éclatants.

Tout cela n'était qu'apparences, grimaces et frelateries.

Les masques tombaient quand le jour paraissait, glissant entre les rideaux épais, comme une épée d'archange, en un invincible jet bleu...

Oh ! ce bleu frais, ce bleu chaste comme une âme d'enfant, ce bleu qui se posait sur mes paupières lasses comme un baiser de fiancée, ce bleu purificateur, ce bleu qui, pour une seconde, versait du rêve et de la candeur à travers la salle souillée de serpentins, de fumée, d'haleines poisseuses, de moiteurs sûries, d'humanités avachies.

Combien de fois ai-je attendu l'éclosion merveilleuse de la minute bleue, de cette fleur de lumière qui allait scintiller, dans la nuit de mon âme, comme l'étoile de Bethléem !...

J'étais un peu ivre. Les fox-trotts, les tangos, les bostons secouaient dans ma tête une sarabande concassée. J'avais offert du champagne à des courtisanes roses, jaunes ou vertes, distribué des pourboires, acheté des serpentins ou des balles de peluche aux danseuses de la maison, à ces malheureuses filles qui, pour dix francs et un peu de nourriture servie à six heures du matin, passent toute la nuit dans les cabarets, à la disposition des soupeurs.

J'avais écouté leurs banales doléances, leurs piètres hâbleries. J'avais compati à leurs misères.

Au troisième verre de champagne, on se découvre une vocation de philanthrope. Ces femmes condamnées aux sourires forcés, humble comparses dans la hiérarchie de la galanterie, ne se considéraient point comme des courtisanes parce qu'elles recevaient un salaire famélique pour susciter de l'entrain. Celle-ci avait été téléphoniste, celle-là avait une fillette en pension. Elles souhaitaient un amant stable. Quelques-unes aspiraient à un autre métier. Tout au moins elles le laissaient entendre.

Je me répandais en apitoiements. Exaucer les vœux de ces pauvresses en robe de soirée, leur signer un chèque suffisant pour leur permettre de se bâtir une vie nouvelle, jouer à la fée bienfaisante, toutes ces pensées m'assaillaient, me berçaient d'illusions flatteuses : j'étais bon, j'étais généreux, j'étais désintéressé. Mais ces beaux dessins s'effilochaient en velléités. Je m'en tirais bassement avec un verre de champagne et un billet de vingt francs. Quelquefois, j'accompagnais une de ces filles chez elle : une chambre meublée, rue de Douai ou rue Pigalle.

Dans une béatitude pesante, dans un optimisme vautré, content de moi, des autres et du monde, j'attendais le miracle de l'azur...

Je ne m'en allais pas parce que la merveille allait venir, la victorieuse main bleue glissée entre le velours poussiéreux des tentures...

Ce bleu-là, d'une si étrange, d'une si prodigieuse, d'une si intense pureté, ce bleu-là, Jeanne, ma très chère Jeanne, ce bleu-là était beau comme ton regard... Oui, c'était ton regard posé sur ma détresse...

J'en recevais le choc comme un suave et mélancolique désaveu. C'était un signe céleste. Il me comblait d'une claire extase tout en me précipitant dans un affreux dégoût de moi-même...

Mais l'enchantement ne durait que quelques instants.

En prenant peu à peu possession du cabaret, malgré les rideaux tirés, ce bleu pâlissait, devenait du jour, dépouillait sa vertu mystique. Le jazz s'en allait. La contrebasse, muette, était pareille à un cercueil.

Et toutes les tares, tous les stigmates, toutes les hideurs se révélaient, les traits sordides, les âmes fripées derrière les faces animales, les nappes salies, les tentures usées, et cette banalité pustuleuse d'un décor qu'il ne faut pas voir dans la vérité vengeresse du jour et qui ne peut faire illusion que sous l'hypocrisie des lumières et le maquillage frénétique du jazz.

Je retombais de haut dans mon ignominie, comme un homme qu'on jette au fond d'une oubliette.

Je faisais venir la dernière bouteille de champagne...

Quand je rentrais, tu dormais dans ma chambre solitaire...

Sais-tu qu'il y a des jours où je baisais ta porte ?...

Quelquefois, j'avais envie de la faire sauter d'un coup d'épaule, cette porte, de me jeter à genoux devant ton lit et de te dire : « Me voici, Jeanne... C'est moi, c'est ton mari... Nous vivons comme deux étrangers... Il y a des frontières, il y a des montagnes entre nous... Mais il suffit d'un peu de bonne volonté et de bonne foi pour transporter les montagnes qui séparent les couples douloureux... »

Tout courage m'abandonnait à l'idée de paraître devant toi.

Je me sentais trop indigne.

Je n'avais pas su te conquérir.

Je ne pouvais faire qu'une chose : espérer la minute bleue, la religieuse caresse de ton regard apparu dans la pureté matutinale...

Je vivais toute une nuit abjecte pour cette lueur bénie.

Notre malentendu remonte au jour de notre mariage.

Balzac a édifié là-dessus toute une théorie : le sort du mariage tributaire de la première nuit.

Mon Dieu !... que j'ai été vulgaire...

Il est chez moi une chose lamentable : c'est que dès que j'ai commencé à boire, je ne sais point me gouverner. Dès que l'ivresse point, si je ne m'arrête pas, je suis perdu. Je n'ai plus la notion que je vais me griser en continuant de boire. Au contraire, il me semble que chaque coupe nouvelle me rassérène, m'affermit.

Il y a des jours où l'on supporte tant bien que mal, mais il y a des jours où l'on perd pied. Quand je n'offre qu'une faible résistance à l'alcool, ma mémoire m'abandonne. Il m'arrive de ne pas savoir ce que j'ai fait, ni où j'ai été pendant trois heures, pendant quatre heures. C'est dans une de ces périodes d'amnésie que je me suis fait voler ma montre, mon portefeuille, ma pelisse. Je me suis réveillé à dix heures du matin, en smoking, assis sur un fauteuil, dans une chambre meublée. Impossible de me souvenir comment ni en compagnie de qui j'y étais venu.

Pardon, Jeanne, pardon !

Ta pauvre maman fut bien coupable de te jeter dans mes bras...

Mais elle ne savait pas...

J'avais l'air distingué. Un monocle brinquebalait sur mes gilets gris... ça lui suffisait... Et puis, j'étais licencié en droit, j'avais des bureaux, je dirigeais le « Contentieux International »... Misère de moi !...

A fréquenter des femmes qui avaient désappris la pudeur, j'oubliais que ce sentiment existât.

Et j'étais interdit, j'étais désemparé devant un être qui se faisait secret, effarouché, distant...

Je n'osais plus m'approcher de toi, Jeanne. J'avais peur de ton mépris.

Devant toi, une timidité insurmontable me ligotait. Je ne retrouvais point ces belles phrases qui venaient toutes seules quand je n'étais que ton fiancé... Mais il ne s'agissait alors que de parler, que de mentir, que de jouer à l'homme du monde...

Autre chose était de savoir conquérir, charmer, attacher un être qui m'était livré sans discrétion...

J'étais paralysé... On ne m'avait pas appris à parler aux jeunes filles...

Mortifié de ne pas savoir te mériter, j'avais parfois de ces brusques et maladroites audaces des timides... Mon dépit humilié se muait en brutalité.

Et notre mésentente devenait chaque jour plus certaine.

Je retournai dans les cabarets... Je bus pour oublier que j'avais chez moi une femme exquise que j'offensais et que je faisais pleurer... Je bus pour oublier que je buvais... Je retournai à ma vie de noceur en smoking comme à mon vomissement...

Au bout de quelques mois, je ne franchis plus la porte de ta chambre... Je me sentais trop dégradé, trop au-dessous de toi et au-dessous de l'homme que j'aurais dû être...

J'épiais le rayon bleu, j'attendais, dans le morne enlisement de mes soirées, ce jaillissement de pureté, d'espoir, cette fleur-dictame pareil à ton regard...

J'avais de cruels retours sur moi-même, des sursauts de dégoût, des bouffées de révolte...

Je me promettais de te demander pardon, de me jeter à tes genoux, de te toucher par mon repentir, par mes larmes...

Le lendemain, quand je me trouvais devant toi au repas de midi, je n'osais pas, je ne pouvais pas, dans la carence de ma volonté...

Il y avait tant d'obstacles accumulés entre nous, tant de steppes déroulés à l'infini, d'incompréhensions, de froissements, d'équivoques, de discordances, d'antithèses...

Et plus d'une fois, ce débauché que je suis, ce pauvre être qui voudrait échapper à lui-même, plus d'une fois ce lamentable velléitaire a sangloté dans sa chambre, en rentrant au matin, a pleuré sur lui-même, sur toi, sur sa honte de gâcher ta vie...

Après ces crises d'inutile désespoir, tu recevais généralement une corbeille de fleurs... Si j'étais poète, j'écrirais que ces fleurs-là étaient arrosées de mes larmes... Ou bien, c'était un bijou ou quelque cadeau qui touchait ton cœur... Un jour tu m'avais parlé d'Albert Samain... Rappelle-toi cette belle édition du « Jardin de l'Infante » que je t'ai fait envoyer, dans sa reliure de cuir bleu et vert...

Je te demandais de me faire de la musique... Quand tu me jouais le « Carnaval » de Schumann avec tant d'esprit, avec je ne sais quelle fièvre légère et tendre, je m'évadais de moi-même... Je m'imaginais que j'étais l'homme que j'aurais dû être...

Mais je n'avais qu'à te regarder, quand l'incantation avait cessé, pour me rendre compte que je ne serais jamais cet homme-là... J'étais trop bas, tu étais trop haut...

Et puis, Miroulier vint dans notre vie...

Au début, je n'y fis pas trop attention... Ils étaient beaucoup à te faire la cour... Il y avait ce petit journaliste financier Rautenfeld, mais il était trop fat; il y avait le gros Vorinet, des moteurs Vorinet, trop vulgaire; il y avait Ladvocat, pas ton genre non plus; il y avait cet ancien aviateur aujourd'hui dans les autos, Pierre de Maillot-Rougel, un malin celui-là, adroit, patient... Il y avait, enfin, Miroulier... Tu l'avais connu chez ton amie Louise Virld, ton professeur de peinture... Je l'ai vu pour la première fois à la maison un jour de novembre... Oh! j'ai de la mémoire...

Je ne craignais pas plus Miroulier que ces comparses : j'avais une foi absolue, une foi totale dans ton honnêteté. Je me disais : « Jeanne n'est pas une femme comme les autres; même trahie, même douloureuse, elle ne sombrera pas dans la banalité de l'adultère. » Et puis, petit à petit, je me suis aperçu que vous vous complétiez admirablement, Jacques Miroulier et toi... Artiste, très cultivé, à la fois loyal et câlin, d'une sensibilité de femme, c'était vraiment l'homme qu'il te fallait...

Et je pensais : « Ils seraient tout à fait bien, tous les deux... J'inflige à cette pauvre Jeanne une vie si froide, si dure, si stérile, je me conduis si honteusement que je n'aurais pas le droit de me fâcher si elle cherchait à cueillir un peu de joie, à marauder un peu de bonheur... »

J'ai su quand tu es devenue la maîtresse de Miroulier : c'était en avril, il y a deux ans, un vendredi... Tu es rentrée tard pour dîner... Je t'attendais en lisant... Il y avait un tel rayonnement de félicité sur ton visage, tu étais si lointaine, si ailée, que la vérité m'est apparue nettement.

Je t'ai fait suivre les jours suivants : le rapport de l'agence de police m'a confirmé dans mon pronostic.

Tu avais un costume tailleur havane, en velours de laine, dont la jaquette était close par une mince ceinture de daim à grosse boucle d'argent ciselé... Je la revois encore, cette boucle d'argent, qui représentait des épis... Tu l'avais achetée boulevard Malesherbes chez un artiste décorateur qui est, dit-on, un ancien berger, Henri Miault, et que Miroulier t'avait fait connaître...

Tu avais ton renard bleu et tu étais coiffée d'une sorte de turban de satin noir où s'ébouriffait, à gauche, une touffe de plumes pareille à une poignée d'herbe sombre et brillante...

Je n'ai pas senti la morsure empoisonnée de la jalousie, ce jour-là.

Au contraire, je trouvais que les choses étaient bien arrangées ainsi. Je te faisais souffrir, je t'outrageais, tu cherchais une consolation, c'était très bien.

Mais j'étais stupéfait. Je n'aurais jamais cru que tu pusses tomber dans l'adultère. Parce que tu me paraissais si inaccessible, je m'étais arrêté à cette idée que tu serais inexpugnable pour les autres.

C'est après que la jalousie est entrée en moi, lentement, graduellement.

Je fus quelques semaines sans en souffrir vraiment. Puis, je commençai à détester Miroulier. Et, six mois plus tard, cela était devenu une haine farouche, furieuse, une haine qui me rongeait l'âme à tout instant.

Mon principal grief devint celui-ci : il est heureux quand je suis malheureux.

Je n'avais point de haine contre toi, ma chère Jeanne. Mais j'en avais une effroyable contre lui : tout le bonheur qu'il goûtait, c'était du bonheur qui m'était volé. Plus je le sentais heureux, magnifiquement comblé par cet amour que j'avais repoussé, et plus j'étais ulcéré.

Voir s'étaler sous mes yeux le spectacle du bonheur où j'aurais pu atteindre, toucher, respirer ce bonheur, m'en repaître, sans cesse l'évoquer, voilà les horribles images qui me poursuivaient.

J'aurais pu mettre Miroulier à la porte. Mais non : je tenais à mon mal, mon supplice m'était cher. Et puis, tu l'aurais sans doute suivi... Je voulais te garder près de moi. Jeanne, ma chère

Jeanne, que j'ai si sottement meurtrie, ce mari dépravé que je suis se serait tiré une balle dans la tête, si tu avais quitté la maison...

Je me taisais. Je dissimulais. Je ruminais mon fiel.

Chose étrange, je n'ai pas abusé de cette sorte d'autorisation de me conduire mal que tu m'as donnée par ta trahison...

Je me suis plutôt mieux conduit après qu'avant.

Et je me suis mis à mépriser les femmes avec qui je te trompais. Quand j'étais auprès d'elles, je pensais au couple harmonieux que vous réalisiez, Jacques et toi... Je leur trouvais maintenant une part de responsabilité dans mon infortune... Nous étions de si piètres créatures à côté de vos noblesses, de vos ferveurs, de vos enthousiasmes...

Et ma haine s'exaspérait contre Jacques...

Je ne lui pardonnais pas d'être heureux, noblement, quand j'étais si laidement misérable...

...ût le goût de la vengeance montait en moi... Je le sentais au fond de ma gorge serrée, comme un venin âcre et brûlant...

Et le goût de la vengeance montait en moi... Je je n'avais plus ni force ni courage...

Je ne suis qu'un velléitaire...

....

La confession se continuait sur un papier différent, cerné d'une large bordure de deuil, comme si la première partie en eût été écrite avant la mort de Louis Vergelle et la seconde partie après...

Son auteur expliquait que cette vengeance qu'il ne se sentait pas de taille à poursuivre quand il était sur la terre, il pouvait aujourd'hui la réaliser avec ampleur.

Miroulier se croyait bien caché dans son île. Il avait pris toutes ses précautions. Il n'avait laissé son adresse à personne. Il avait rompu tous liens avec le continent. Son frère même ignorait le lieu de sa retraite.

Eh bien, lui, Louis Vergelle, il avait su le retrouver...

Miroulier pouvait fuir au fond du Sahara : il le retrouverait encore. Il le retrouverait même dans une autre planète, car il était maintenant une force impondérable, qui se déplaçait à sa guise d'un bout de l'univers à l'autre, à travers l'air, l'eau et la terre, qui ne connaissait aucun obstacle, qui avait des yeux et des oreilles partout...

Jeanne et Jacques lurent jusqu'au bout, serrés l'un contre l'autre, l'inexorable confession.

— Je n'en puis douter, dit Jeanne horrifiée, c'est bien mon mari qui a écrit cela... Ces détails sur la robe que je portais il y a deux ans quand je suis allée chez toi, lui seul peut les relater...

— Comment peut-il savoir que je n'ai pas prévenu mon frère ?... C'est extraordinaire...

— C'est terrifiant, mon ami... Jacques, j'ai peur, j'ai peur... Sauvons-nous... Emmène-moi... Il va venir nous tuer... Regarde, au fond de cette pièce, cette forme qui avance, ces mains jetées vers nous...

— Il n'y a rien, ma chérie, rien...

— Nous sommes perdus, Jacques, nous sommes perdus, nous sommes perdus...

Jeanne se cacha le visage contre l'épaule de son ami, en sanglotant.

Le désespoir broyait le cœur de Jacques d'une serre implacable.

A quoi bon lutter ? Ils étaient vaincus...

Monter sur le haut rocher dressé au nord de l'Ile-Roussille, se tenir par la main bien fort, se précipiter à travers les blanches arabesques des mouettes...

Fuir l'atroce obsession, fuir l'ombre despotique...

Mais la mort elle-même était-elle une fuite ?... Et ne se retrouveraient-ils pas encore en face du spectre jaloux ?

XV

LE FIL D'ARIANE

Le lendemain du départ de Jacques Miroulier et de Mme Vergelle, Mlle Harvette avait pris le train pour Bois-le-Roi.

Elle avait trouvé la cousine Mutalion complètement affolée.

Le séjour de Mme Vergelle avait attiré le malheur sur la maison. Chaque nuit, d'étranges phénomènes se produisaient : les casseroles se décrochaient et se mettaient à fox-trotter sur le carreau de la cuisine, des voix plaintives miaulaient dans le grenier ou montaient de la cave, les fauteuils du salon s'allaient promener par les pelouses et les chaises de jardin se hissaient sur le piano.

Mlle Harvette expliqua qu'elle était attachée à l'agence chargée par Mme Vergelle de découvrir le secret de la persécution qui la pourchassait. Mme Vergelle était allée se réfugier dans un pays dont elle n'avait révélé la désignation à personne et où elle espérait bien échapper à la malignité de ses ennemis. Elle ne donnerait pas de ses nouvelles avant un mois. Mlle Harvette et ses collègues de l'agence Lynx tenteraient l'impossible, d'ici là, pour découvrir les ficelles de ce mélodrame perpétré par un sorcier humoriste, peut-être beaucoup plus humoriste que sorcier, et animé d'une fantaisie quelque peu sadique.

Mlle Harvette avait décidé de se livrer à une étude serrée des phénomènes de Bois-le-Roi.

— Vous tombez à pic ! s'écria la cousine Mutalion. Vraiment, c'est le bon Dieu qui vous envoie !... Ma pauvre cousine est ensorcelée... Et Mme Musaraye, une voisine qui s'occupe de spiritisme...

— Je suis au courant, Mme Vergelle m'a parlé de cette dame.

— Mme Musaraye prétend qu'elle a attiré ici des esprits pervers, malfaiteurs de l'au-delà, qui s'amusent à nous obséder, à nous faire souffrir... Je dois dire que l'abbé Dumazoult, qui fut l'ami de mon mari et qui nous est tout dévoué, n'est pas de cet avis... Il croirait plutôt que ces sinistres plaisantins sont bien vivants... Cependant, comme nous nous barricadons solidement chaque soir, comment voulez-vous qu'ils rentrent chez moi, si ce sont des gens comme vous et moi ?

— Mais vos fillettes doivent être terrorisées...

— Mes fillettes ?... Parlons-en !... Ces enfants sont terribles !... ça les fait rire...

— Elles n'ont pas peur...

— Je vous assure que non, mademoiselle !... Au contraire, elles se moquent de moi...

— Ecoutez, madame, je vais m'installer dans un hôtel... Je reviendrai vous voir souvent... J'interrogerai sans en avoir l'air vos domestiques, Mme Musaraye... Surtout, il ne faut pas qu'on se doute que je suis venue ici pour prendre vos revenants en défaut... Donc, pas un mot à personne, pas un seul, même à vos fillettes... elles bavarderaient, elles me découvriraient et je serais flambée...

— Mais pourquoi ne pas vous installer ici, mademoiselle ? proposa Mme Mutalion, gagnée par l'air de franchise et de droiture de Mlle Harvette. Vous seriez beaucoup plus à votre aise pour observer ce qui s'y passe... Je me sentirais rassurée si vous couchiez chez moi... Il me semble déjà que les esprits vont se tenir sur leurs gardes... Je vais vous présenter comme une amie de Mme Vergelle... Vous venez me donner de ses nouvelles... Je vous ai rencontrée chez elle... Vous m'aviez promis depuis longtemps de passer quelques jours à Bois-le-Roi : je vous garde...

Rien d'anormal ne signala la première nuit.

Mais la seconde fut troublée par la chute, à travers l'escalier, de divers instruments de jardinage : arrosoirs, rateaux, plantoirs...

Mlle Harvette se précipita vers les deux chambres des enfants. La bavarde Noémie et l'espiègle Blanche occupaient l'une; les deux plus jeunes se partageaient l'autre : Françoise, enragée pour grimper aux arbres, et Rosine, à l'insatiable appétit et à l'estomac complaisant, s'accommodant de mine de plomb, de gomme à effacer, de feuilles de lierre, de papier.

Noémie et Blanche étaient dans leur chambre.

Françoise et Rosine en étaient sorties.

Mlle Harvette les cueillit en haut de l'escalier, penaudes.

Il fallut bien qu'elles avouassent qu'elles étaient les auteurs du charivari et que c'était Rosine, à la suite des histoires de revenants contées par Mme Musaraye, qui avait eu la diabolique pensée de mystifier Mme Vergelle.

Elle avait trouvé deux photographies de son mari dans un album; elle en avait retiré une, la remplaçant par la dernière effigie de la collection, et elle l'avait posée sur l'oreiller de sa cousine.

La plaisanterie avait admirablement réussi.

L'oreille collée à la porte, Rosine avait entendu Mme Vergelle faire à sa mère la confidence de l'obsession qui la harcelait. Et c'est alors qu'à l'aide d'un drap et d'un masque balbu, fabriqué avec du papier et du crin, elle avait réglé l'apparition de feu Vergelle à la fenêtre de sa femme, ponctuée d'un éclat de rire sardonique.

Rosine reçut une fessée énergique et fut privée de dessert pour quinze jours.

Mlle Harvette revint triomphalement à Paris.

— Voici le premier résultat, annonça-t-elle à Jacques Marcilly : les phénomènes de Bois-le-Roi sont le fait de l'imagination facétieuse d'une gamine...

— Quand je vous disais, énonça victorieusement Joseph Prick, qu'il n'y a pas de surnaturel !... De mon côté, je dois avouer que j'ai été moins favorisé que vous... D'une enquête que j'ai faite au Contentieux International, il appert que les affaires de Ladvocat, qui avaient été quelque peu embarrassées, entrent maintenant dans une excellente passe... Le chèque qu'il a signé à Mme Vergelle le démontre surabondamment... Ce n'est donc pas l'intérêt qui l'aurait guidé dans les derniers méfaits qui lui sont attribués, à tort ou à raison...

— Pour moi, déclara Mlle Harvette, il me semble impossible qu'il ait pu savoir que Mme Vergelle s'était réfugiée chez moi... Personne ne pouvait nous suivre...

— La farce de Bois-le-Roi a été montée par une gamine, dit Joseph Prick. Qui vous dit que vous n'allez pas découvrir les interventions les plus inattendues, et que la pièce dont nous désignons l'auteur sous le pseudonyme du sieur X... n'est pas une œuvre collective, dotée d'une kyrielle de collaborateurs que leur modestie confine dans la coulisse?...

— Ce serait une vraie pièce moderne, observa Marcilly, cuisinée par maints gâte-sauce et signée par un maître-queue qui s'est contenté d'y jeter quelques épices...

— Je vais me remettre en campagne, annonça tranquillement Mlle Harvette.

— Vous avez gagné la première manche !... Courage !... s'écria Marcilly. Le jour où vous m'apporterez l'état-civil du sieur X..., je n'aurai rien à vous refuser... Et vous savez que je tiens mes promesses...

Mlle Harvette, camouflée en dame mûre, se livra d'abord à une petite enquête rue de Passy, dans la maison de Mme Vergelle, et chez les fournisseurs. Elle se donna comme une couturière inquiète de n'avoir pas de nouvelles de sa cliente.

Le concierge, un vieux bonhomme dont le nez et le menton se rejoignaient presque, comme les pinces d'une tenaille, crachotta méchamment, entre des lèvres si rentrées que sa bouche avait l'air d'une tirelire :

— Cette pauvre Mme Vergelle perd la tête, depuis la mort de son mari... Est-ce qu'elle ne s'imagine pas qu'il vient la tourmenter pendant la nuit, qu'il lui écrit, qu'il lui téléphone, qu'il lui apparaît?... Elle a même fait enlever le téléphone, croyez-vous?... La cuisinière est partie... La femme de chambre, une brave fille qui la sert depuis je ne sais combien d'années, prétend que tout ça c'est des imaginations... Elle a bien du mérite, la pauvre fille!... Quand je pense que Mme Vergelle est partie sans même lui laisser son adresse!...

— Et il ne vient personne, ici?...

— Si une amie de Mme Vergelle, tous les deux ou trois jours, une dame peintre, une certaine Mme Virid, qui habite à Auteuil... Mais vous pouvez voir Maria, la femme de chambre...

— Je suis un peu pressée... J'ai un rendez-vous avec une cliente avenue Mozart... Je reviendrai demain ou après-demain...

Chez deux ou trois fournisseurs, Lucie Harvette constata que Maria s'efforçait de faire croire que les phénomènes occultes dont Mme Vergelle se plaignait étaient dus à des hallucinations.

Or, Lucie se souvenait très bien que Mme Vergelle lui avait déclaré que Maria, au contraire, s'employait à détruire l'effet des indiscrétions de la cuisinière, qui allait raconter chez le boulanger et chez le boucher qu'elle servait dans une maison hantée. Maria affirmait que cette domestique n'avait pas la tête solide et brodait un roman de son cru.

Pourquoi Maria mentait-elle?

Avait-elle donc intérêt à laisser croire que la raison de Mme Vergelle fléchissait? Voulait-elle égarer certains soupçons?

Après une conférence avec Louise Virid, qui approuva le plan d'attaque, mûrement pesé et établi, qu'elle avait élaboré, Lucie se présenta, sans aucun déguisement, chez Mme Vergelle.

Maria vint ouvrir, plus pomme d'api que jamais. Les manifestations dont l'appartement de sa maîtresse était le théâtre ne devaient point la distraire du soin d'absorber une nourriture copieuse et succulente. Elle éclatait de santé, les joues vernies, le menton capitonné d'une graisse abondante.

— Maria, dit-elle, j'ai à vous parler, et même assez longuement... Je viens de la part de Mme Vergelle...

— Mademoiselle a des nouvelles de madame?

— Oui, de très bonnes... Mme Vergelle est en Bretagne, à Perros-Guirec...

Maria fit entrer Lucie dans la salle à manger.

Les meubles étaient nets, purgés du moindre grain de poussière.

— Mes compliments, Maria, votre ménage est bien fait...

— Ce n'est pas parce que madame est absente que je négligerais mon ménage... J'aime tant madame!...

— Alors, vous devriez bien vous dispenser d'aller raconter à qui veut l'entendre que Mme Vergelle est folle...

— Je vous jure, mademoiselle...

— Ne jurez pas, Maria... Regardez-moi bien en face... Osez me soutenir que vous n'avez pas été raconter au concierge, à Mme Barguet, la bouchère, que votre maîtresse était sujette à des hallucinations...

— C'était pour qu'on ne croie pas que la maison

était hantée... On aurait pu donner congé à madame...

— Vous savez pourtant mieux que personne que l'appartement n'est pas hanté...

— Enfin, mademoiselle sait bien ce qui s'y passe... Les coups de téléphone, les lettres, les coups frappés...

— Que vous frappiez...

— Les portraits retournés...

— Que vous retourniez...

— Les pendules arrêtées à l'heure où ce pauvre monsieur...

— N'insistez pas, Maria... Je sais tout!...

Maria était devenue plus rouge encore. Toute sa face rubiconde passait à l'écarlate et prenait l'apparence d'un fromage de Hollande.

— Que voulez-vous dire?... Vous n'allez pas me soupçonner, moi, qui ai servi madame avant son mariage!... Enfin, vous étiez là, le jour où le portrait s'est détaché du plafond...

— Grâce au fil que vous avez tiré...

— Qui donc aurait maquillé le linge d'une tête de mort?...

— Vous-même, Maria, vous-même... Nous avons retrouvé la maison qui fabrique le cachet, qui le délivra à M. Ladvocat, lequel vous l'apporta... Je vous dis que je sais tout, Maria, et que si vous continuez à nier, je vous fais arrêter séance tenante... Il y a quatre hommes de l'agence à la porte, quatre hommes assermentés, anciens inspecteurs de police.

Maria poussa deux ou trois petits cris de gallinacé, jetés comme un prélude, puis scanda un adagio de gros sanglots poussifs, attaqués impetuoso par les contrebasses.

Mlle Harvette laissa passer les premières mesures.

Elle tenait enfin le fil d'Ariane qui allait la guider dans le labyrinthe inextricable où l'avait entraînée le sieur X...

Elle s'en réjouissait pour Mme Vergelle, qui serait enfin délivrée du hideux cauchemar qui menaçait sa raison et empoisonnait son amour. Elle s'en réjouissait pour le prestige de l'agence Lynx, compromis par l'échec de ses investigations. Elle n'aurait su démêler si elle était plus heureuse de servir la renommée de la maison à laquelle elle était attachée, ou plus heureuse de faire plaisir à Jacques Marcilly, de recevoir ses compliments, d'écouter sa voix railleuse et tendre...

D'un geste vif et affectueux, il prendrait ses mains dans les siennes, qui étaient soignées comme des mains de femme. Ses doigts minces étiraient de souples tiges fleuries d'un pétale-camée. Lucie Harvette était très sensible à l'élégance d'une main masculine, comme toutes les femmes, d'ailleurs, à telles enseignes qu'il vaut mieux, pour un soupirant, posséder une manucure experte que de polir des idées fines.

Mais Lucie n'était pas moins sensible, et cela commençait à la singulariser, aux ornements de la pensée. Il lui plaisait que son patron fût aussi spirituel qu'il était élégant, aussi cultivé qu'il était spirituel. Elle aimait encore qu'il eût de petites oreilles, signe de bonté, une bouche à la fois charnue et précise, indice d'une sensibilité chaude et délicate, ce profil énergique qui l'impressionnait, ces yeux verts, assez étranges, qui ne se posaient pas sur les siens sans qu'elle en ressentît quelque trouble...

Bref, elle aimait beaucoup de choses en Jacques Marcilly. Mais elle n'osait pas s'interroger là-dessus...

— Voyons, Maria, fit brusquement Lucie, calmez-vous... Je ne viens pas ici pour vous faire arrêter... Je vous promets même que nous ne prendrons aucune mesure désagréable contre vous si vous voulez être notre alliée et réparer, en quelque sorte, tout le mal que vous avez fait... Voici l'alternative : le pardon, la liberté, voire une récompense, ou la prison...

— Non, pas la prison, mademoiselle, pas la prison!...

Mlle Harvette arrêta le geste de Maria qui voulait se jeter à genoux et qui remplaçait son adagio par une manière de scherzo où se précipitaient des hoquets de sanglots aigus, offrant une imitation satisfaisante du cri de la souris sous les griffes du chat.

— Maria, taisez-vous... Si vous continuez cette musique-là, ça sera tout de même la prison... Tout, mais pas ça...

— Je me tais, mademoiselle, je me tais, piailla Marie en avalant de gros soupirs qui soulevaient d'une houle déchaînée sa poitrine généreuse, mais flacide.

— D'abord, pourquoi avez-vous trahi Mme Vergelle, votre bienfaitrice?

— Mademoiselle, répondit Maria en se cachant la tête dans son tablier, c'est l'amour...

La réponse était si imprévue que Mlle Harvette ne put s'empêcher d'éclater de rire.

— L'amour?... A votre âge... Vous n'êtes plus une jeunesse...

— J'ai trente-neuf ans, avoua Maria, mais ça n'empêche pas les sentiments... Je suis devenue amoureuse d'un garçon de café, oh! un bel homme, mademoiselle... D'ailleurs, si mademoiselle veut le voir...

— Je n'en découvre pas la nécessité...

— Il est en place à côté d'ici, sur la chaussée de la Muette... Mademoiselle jugerait... Figurez-vous qu'il voudrait s'en aller dans son pays, pour monter un hôtel restaurant... C'est dans la Creuse, dans un coin très joli, paraît-il... Il y a beaucoup d'automobilistes... Mais on ne trouve que de petites auberges tenues par des croquants qui gâtent le métier et qui donnent quatre plats à chaque repas pour dix-huit francs par jour.

— C'est une abomination!

— Alors, il voudrait installer un hôtel chic, une hostellerie, comme on dit dans le grand monde, qui prendrait bien plus cher et où les belles dames en auto iraient toutes... Seulement il n'a pas assez d'argent et mes économies ne sont pas suffisantes... Et il ne veut pas se marier avec une femme qui ne lui permettra pas de s'établir...

— C'est un homme pratique...

— Et M. Ladvocat m'avait promis les dix mille francs qui nous manquaient... « Si j'épouse Mme Vergelle, qu'il m'avait dit, je vous donne dix mille francs... »

— Et vous n'avez reçu aucun acompte?...

— Ah! ça, mademoiselle, je le jure sur la tête de l'homme que j'aime!...

— Vous êtes encore plus bête que méchante... Alors, vous avez naturellement aidé ce charmant M. Ladvocat dans toutes ses mises en scène et ses soi-disant manifestations de l'au-delà...

— Je n'étais pas seule, mademoiselle... Moi, évidemment, je le renseignais beaucoup sur les faits et gestes de madame... De plus, il la faisait suivre par des gens à lui... Il y a un de ses employés, qui a le nez comme une devanture de marchand de couleurs...

— Florian Lavertu...

— C'est un nom comme ça... Il téléphonait souvent ici... Il faisait très bien la voix de monsieur... Un coquin, ce Lavertu! C'est lui qui a eu l'idée de mettre à côté du téléphone un phonographe qui exécutait un machin qu'on joue dans les enterrements de gros bonnets...

— La « Marche funèbre » de Chopin...

— C'est ça!... L'idée du cachet à tête de mort imprimé sur le linge, avec les initiales de M. Vergelle, elle est encore de lui...

— Vous allez me donner ce cachet...

— Mais, mademoiselle...

— Vous allez me donner ce cachet tout de suite, ou je fais monter les hommes qui sont en bas et qui fouilleront la maison... Je répète nos conventions : soyez notre alliée, sans aucune arrière-pensée, ou la prison...

Maria disparut pendant quelques secondes et revint avec le cachet.

Elle ne vit pas, sous les paupières abaissées de Mlle Harvette, l'éclair de triomphe qui flambait dans ses yeux, quand elle glissa au fond de son réticule cette pièce à conviction.

— Comment avez-vous retrouvé notre trace quand nous sommes sorties d'ici, avec Mme Vergelle?

— C'est bien simple... Je suis sortie derrière vous... Mais j'avais noué autour de ma figure un linge qui recouvrait un pansement, comme quelqu'un qui est blessé... J'avais remplacé mon tablier blanc de femme de chambre par un gros tablier bleu... J'avais un panier de blanchisseuse au bras... Impossible de me reconnaître... Je suis passée tout près de vous... J'ai entendu que vous disiez que vous habitiez rue Debrousse, quand vous attendiez le tramway... Je savais que c'était une toute petite rue... Je suis revenue vivement vers la place de Passy, j'ai trouvé une voiture, je me suis fait conduire rue Debrousse. Je vous ai tranquillement attendues, assise sur un banc de l'avenue du Président-Wilson... De loin, j'ai regardé où vous rentriez... Je savais, par madame, qui vous étiez... J'ai été prévenir M. Ladvocat...

— C'est parfait! s'écria Mlle Harvette, enthousiasmée malgré elle. Vous feriez une admirable policière!... Le voici, le moyen de parfaire votre dot : vous allez entrer à l'agence Lynx...

— On gagne beaucoup d'argent, dans ce métier-là?

— Vous en gagnerez beaucoup... Et maintenant, dites-moi, Maria, à quel mobile, selon vous, obéissait ce machiavélique Ladvocat?...

— A quel mobile?... Mais à l'amour, mademoiselle!... Vous ne voyez donc pas qu'il n'y a que l'amour, dans cette affaire-là : moi et Charlemagne.

— Charlemagne?...

— C'est mon fiancé qui s'appelle comme ça, mademoiselle... Ça fait distingué, n'est-ce pas?... Moi et Charlemagne, madame et M. Miroulier, car vous pensez bien que je suis au courant depuis longtemps...

— Vous deviez même tout savoir avant eux... C'est normal...

— Enfin, madame et M. Ladvocat... Car il est fou de madame, ce M. Ladvocat, fou à lier... Il en était fou avant la mort de monsieur, mais il se contenait, parce qu'il y avait monsieur... Mais maintenant que madame est libre...

— Mme Vergelle n'est pas libre, puisqu'elle aime M. Miroulier...

— C'est justement pour que M. Miroulier lui cède la place qu'il a imaginé ça... Avouez qu'il aurait fini par réussir et que la comédie n'était pas mal manigancée... Vraiment, il n'a pas de chance, M. Ladvocat... Au moment où tout allait s'arranger pour lui, par la défaite définitive de M. Miroulier, voilà que le pot aux roses se découvre...

— Que voulez-vous dire, Maria?

— Je veux dire que M. Ladvocat a trouvé l'adresse de madame!... Madame est dans le Midi, dans une île...

— Où cela?

— Je ne seis pas au juste... C'est peut-être du côté de la Corse... C'est une petite île... Lui, il sait où elle est... Il ne m'a pas donné beaucoup de détails... Il se doutait bien, naturellement, que madame était partie avec M. Miroulier, puisque tous deux avaient disparu en même temps... Alors, il a fait surveiller les abords de la maison de M. Miroulier... Souvent, même, il se chargeait de cette surveillance lui-même... Peut-être bien qu'il avait aussi l'idée qu'il pourrait rencontrer M. Miroulier et en finir une bonne fois en lui disant : « Il faut qu'un de nous deux disparaisse! » Ah! c'est un homme qui aime madame, M. Ladvocat!... On n'a pas idée d'un amour comme ça, un amour féroce, qui grince des dents, qui lui mange le sang!... Et jaloux!... Vous n'imaginez pas ce qu'il peut être jaloux!... Ça, c'est un homme qui aime...

— Est-ce que Charlemagne est comme ça?...

— Ah! non! Charlemagne est plus positif... Il pense surtout à son hostellerie. C'est un homme qui se laisse aimer... En amour, il y en a toujours un qui se laisse aimer : l'autre fait le beau et lèche la main... Revenons à M. Ladvocat... Il avait bien essayé de connaître l'adresse de M. Miroulier et fait interroger sa vieille bonne... Il était visible qu'elle ne savait pas où son maître se cachait... Avant-hier, c'était M. Ladvocat qui était de service... Il voit arriver chez M. Miroulier un monsieur qui reste une dizaine de minutes et qui ressort avec des lettres à la main... Il le suit... Le monsieur rentre dans un café-tabac, écrit une lettre, la met avec les autres lettres dans une grande enveloppe... M. Ladvocat était à côté du monsieur... Il lit l'adresse : c'était celle de M. Miroulier... Le monsieur fait peser sa lettre par la dame du bureau de tabac, met les timbres qu'il faut, va porter la lettre au bureau de la place Chopin... Aussitôt, M. Ladvocat prend son carnet avec son stylo, va trouver le receveur, lui dit qu'il vient de jeter dans la boîte une lettre à telle adresse, avec tant de timbre dessus, en oubliant d'y mettre un chèque très important... Ce chèque, il le montre... Il dit : « Je suis M. Ladvocat, gros comme le bras, j'ai une situation, et patati et patata!... » Et on cherche la lettre, on la lui remet...

— Pas mal joué, dit Mlle Harvette. Lui aussi, on pourrait le prendre à l'Agence Lynx.

— Et devinez ce qui s'était passé! M. Ladvocat l'a su en ouvrant la lettre... Ce monsieur qui était venu chez M. Miroulier, c'était son frère, son frère qui est ingénieur en Alsace... C'est lui le propriétaire de l'île où se cache M. Miroulier... L'ingénieur avait reçu, en Alsace, du gardien de l'île, une lettre où celui-ci racontait que notre Miroulier y passait quelque temps... Il peut y aller à sa guise, puisque, dans la correspondance qui a été étouffée, on lui disait d'y rester autant de temps qu'il voudrait... Mais voilà que l'ingénieur est appelé à Paris pour traiter une affaire... Il passe chez son frère... Dame, avec les artistes, on ne sait jamais, il aurait pu être revenu à l'improviste... Il trouve des lettres, il veut les faire parvenir à l'absent en lui demandant pourquoi il n'a pas laissé son adresse et en ajoutant qu'il devait y avoir une histoire de femme là-dessous...

— Naturellement, M. Ladvocat n'a pas envoyé ces lettres-là à M. Miroulier, mais il a dû se livrer à quelque fantaisie macabre qui a provoqué là-bas la consternation et la terreur...

— Si vous saviez!... Figurez-vous que M. Vergelle, qui aimait aussi sa femme, mais à sa façon — vous voyez qu'il n'y a que de l'amour dans cette aventure — figurez-vous que M. Vergelle notait quelquefois ce qui lui advenait... Son journal est tombé entre les mains de M. Ladvocat, car M. Vergelle le laissait à son bureau... M. Ladvocat en a envoyé quelques pages, augmentées de réflexions de son cru, à M. Miroulier...

— Mme Vergelle croyait sans doute avoir échappé à la poursuite de la haine... Recevoir tout à coup, dans ce lointain asile, un manuscrit de son mari, un manuscrit qui paraît avoir été fraîchement écrit!... Il y a de quoi l'achever!... N'avez-vous pas honte, Maria, d'être complice d'une pareille vilenie!...

— Mais j'ai des remords, mademoiselle, j'ai toujours eu des remords... La nuit, je ne dormais pas... Je m'imaginais même, des fois, que M. Vergelle allait venir me tarabuster, mais alors, pour de vrai... Je savais bien que je me conduisais mal... Mais c'était l'amour, mademoiselle, c'était pour Charlemagne!... Ah! on voit bien que vous ne vous doutez pas de ce que c'est l'amour, vous!...

— Vous n'en savez rien! répondit étourdiment Mlle Harvette.

Mais elle se reprit aussitôt et conclut d'une voix sévère :

— Préparez-vous, Maria... Vous allez venir avec moi... Je serai là dans cinq minutes : je cours rue Talma pour voir si je pourrai m'y procurer l'adresse de M. Miroulier... Et, puisque vous êtes devenue notre alliée, je vais lever la consigne des policiers qui devaient vous cueillir...

Chez Jacques Miroulier, Lucie trouva une bonne vieille servante en bonnet berrichon qui savait à peine lire et écrire. Où était son maître? Mais dans le Midi, d'après ce que son frère avait dit. Elle n'en connaissait pas plus. Quand monsieur s'absentait, c'était un de ses amis qu'il chargeait de faire suivre son courrier...

— J'ai déjà ben du mal à lire le journal, ma bonne dame, dit-elle. Je n'ai été à l'école que jusqu'à huit ans... Pensez ben que c'est pas moi qui vas faire des adresses...

— Et où habite le frère de M. Miroulier?

— C'est du côté de l'Alsace... Ça ne me regardons point...

Mlle Harvette n'en put rien tirer de plus.

Quand elle annonça à Marcilly qu'elle avait démasqué Ladvocat, que Marie s'était rendue à discrétion, un flot de joie déferla sur le visage du directeur de l'Agence Lynx.

— Ma petite Harvette, je vous ai dit que je vous embrasserais...

Il tendit les bras. Lucie s'y jeta avec un empressement significatif. Marcilly déposa sur ses joues deux baisers respectueux, certes, mais un peu appuyés, mais nuancés, des baisers de gourmet. Lucie eut une petite plainte roucoulante; une buée passa sur ses yeux gris de lin; un parfum espiègle et cajoleur s'échappait de la cassolette d'or pâle de ses cheveux, de la cassolette d'albâtre de cette nuque défaillante, assouplie comme la ligne d'un volubilis; et, quand elle avança ses lèvres pour rendre son double baiser à Marcilly, quel hasard malicieux ou providentiel voulut qu'elles rencontrassent celles de Marcilly?... Elle aurait dû, elle aurait voulu s'évader... Mais ses bras se nouèrent d'eux-mêmes au cou de Marcilly, comme s'ils n'avaient vraiment fait que cela depuis toujours, comme si c'était chez eux un mouvement naturel, une vertu spontanée...

Ce fut une minute exquise, où passèrent devant leurs yeux d'immenses fresques d'espoirs, de pensées, de délices, dans un rythme âpre et confus, comme le rythme où se précipitait leur vie dans leurs cœurs accolés.

Quand ils se retrouvèrent sur la terre, ils étaient très rouges et se tenaient l'un devant l'autre fort interdits.

Mlle Harvette baissait la tête et se demandait par quelle aberration ou par quel adorable miracle elle avait tendu ses lèvres à Jacques Marcilly, à son patron.

Il recouvra le premier sa présence d'esprit.

— Nous poursuivrons cet entretien plus tard, déclara-t-il avec un sourire où le persiflage essayait de masquer l'émotion. Pour l'instant, pensons aux choses sérieuses... Je vais interroger cette Maria...

Quand il l'eut bien retournée sur le gril de son questionnaire, il en arriva à cette conclusion : il ne servirait à rien d'avoir identifié le sieur X... si l'on ne pouvait prévenir Mme Vergelle que le péril était conjuré.

— A votre place, proposa Mlle Harvette, je me présenterais chez Ladvocat... Je lui ferais passer, sous enveloppe, ma carte revêtue du fameux cachet à la tête de mort... Il comprendrait tout de suite...

XVI

L'ULTIME ANGOISSE

Marcilly sauta dans un taxi et fit remettre, sigillée du cachet macabre, sa carte à Léon Ladvocat.

Celui-ci le reçut presque aussitôt.

— Quelle est cette plaisanterie? demanda-t-il avec hauteur. Seriez-vous employé des pompes funèbres?

— Je suis, et vous avez pu lire ma qualité sur cette carte, le directeur de l'Agence Lynx, police privée, filatures, divorces, recherches et pourchas de revenants et particulièrement de certains loustics qui, par le truchement des fantômes et par un démarquage plus ou moins adroit de méthodes, de procédés révélés par l'occultisme, se plaisent à embêter les vivants, font imprimer des têtes de mort avec les initiales L. V. sur les combinaisons d'une jolie femme qui les repousse...

— Assez, monsieur!... J'ai compris... Que voulez-vous de moi?... Je vous préviens que je ne chante pas...

— Je n'ai pas de guitare dans mes bagages pour vous accompagner... A mon tour, laissez-moi vous dire que, tout en n'ayant pas l'intention de vous contraindre à de coûteuses vocalises, je vous considère comme étant un peu mon prisonnier... Vous vous êtes livré à un ensemble de manœuvres qui ont causé de graves dommages à une femme sans défense... Vous avez commis des faux en imitant l'écriture de M. Vergelle... Vous connaissez assez la loi pour savoir où peut mener l'usage du faux... Vous n'ignorez pas les articles 145 et suivants du Code pénal, punissant le crime de faux, c'est-à-dire l'altération de la vérité, par écrits falsifiés, avec intention de nuire...

— Vous voulez que Mme Vergelle dépose une plainte contre moi... Ne vous gênez pas... Ce procès-là lui fera, ainsi qu'à son amant, une réclame dont ils pourront vraiment être flattés.

— Et si Mme Vergelle se moquait de l'opinion d'autrui?

— Elle ne peut pas s'en moquer.

— Je ne vous dis pas que nous allons déposer cette plainte, vous intenter ce procès qui vous ruinerait dans l'esprit de vos clients, qui paralyserait net l'essor de vos affaires... Il y a peut-être entre nous un terrain d'entente... Et je pencherais volontiers vers la conciliation si vous vouliez, d'abord, me donner l'adresse de Mme Vergelle...

— Ah! cela, jamais!... Vous n'aurez pas l'adresse de Mme Vergelle!... C'est entendu, elle m'échappe, j'ai perdu la partie!... Mais elle ne triomphera pas!... Ils doivent avoir, en ce moment, elle et son amant, s'ils ont reçu le poulet que je leur ai adressé, des sueurs d'agonie... Cela, c'est ma vengeance, et je n'y renoncerais pas pour tout l'or du monde...

— Et vous aimez Mme Vergelle!...

— Oui, monsieur, j'aime Mme Vergelle, depuis le premier jour où je l'ai aperçue... Et cet amour n'a cessé de croître, de se développer en moi comme un monstrueux cancer qui me ronge, qui me brûle, qui m'étouffe, qui aura ma peau... Mais j'aurai aussi la leur!... S'ils étaient à Paris, ils seraient sauvés, puisque vous avez pu attribuer à Léon Ladvocat ce dont je voulais qu'on accusât Louis Vergelle... Oh! je ne vous en veux pas!... Vous avez fait votre métier, vous avez gagné loyalement votre argent.

— Je vous sais gré de cette appréciation...

— Vous auriez pu venir me trouver et faire de la contrepartie... Vous auriez touché des deux côtés et je n'aurais pas été découvert...

— Ce n'est pas le genre de la maison, jeta dédaigneusement Marcilly.

— Je le regrette... Et puis, non, après tout, je ne regrette rien!... Car je tiens ma vengeance quand Miroulier! D'un mot, monsieur, d'un mot, je pourrais les sauver, d'un mot que seul je puis prononcer... Et ce mot, je ne le prononcerai pas... Je n'aurais qu'à vous dire : « Ils sont à tel endroit! » Mais je ne vous dirai pas où ils sont... Et, à la lecture du poulet qu'ils ont reçu, ou qu'ils vont recevoir, ils crèveront de peur, ils râleront d'épouvante...

— Taisez-vous, monsieur, taisez-vous! cria Marcilly, indigné.

Mais Ladvocat, haussant le ton, continua sans prendre garde à cette objurgation :

— Je les vois... Ils sentent la menace qui se rapproche, qui va fondre sur eux... Ils sont comme l'agneau que l'aigle va saisir... Les orbes de son vol diminuent, la spirale descend, les serres s'ouvrent... Ah! cette fois, elle ne t'échappera pas, mon vieux Louis Vergelle, toi qu'elle a fait tant souffrir aussi. Tu es l'aigle qui fond sur l'agneau terrifié... L'ombre de tes ailes tourne autour de lui, l'ombre vengeresse et jalouse... Mais Louis Vergelle, c'est moi!... La vengeance, c'est moi!... L'ombre enragée, l'ombre frénétique, c'est moi!... Je vais les déchirer dans les serres de ma jalousie..

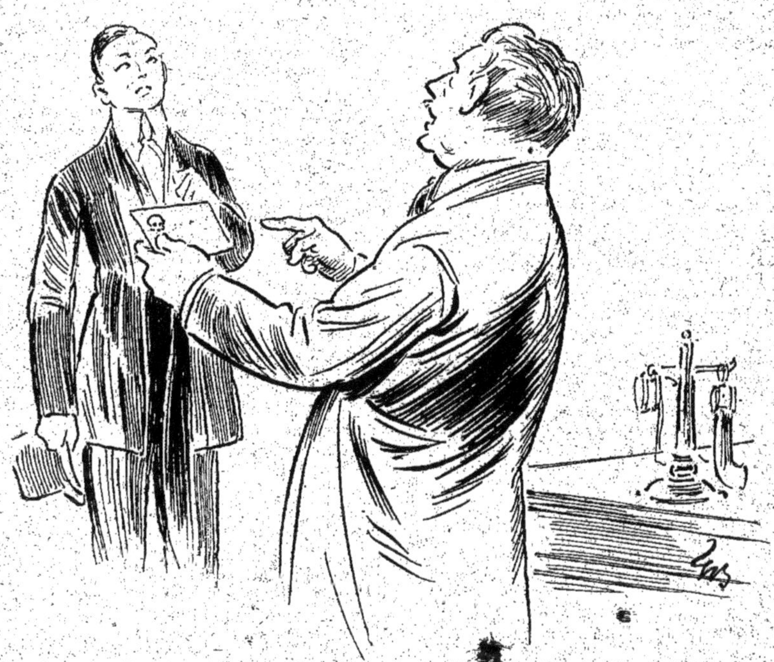

Seriez-vous employé des pompes funèbres (p. 44).

même... Et vous conviendrez qu'elle est belle, qu'elle est complète, qu'elle est magnifiquement épanouie, ma vengeance!... Tous vos efforts aboutissent au néant... Vous sombrez à l'instant de toucher au port.

— Nous pouvons vous perdre, vous le savez...

— Me perdre!... Ah! oui, votre plainte!...

Ladvocat se croisa les bras et ricana d'un air de défi, les traits durcis, l'œil féroce, fixe et lumineux comme une prunelle de fauve...

— Mais je m'en moque de votre plainte!... Et vous pourriez me faire guillotiner, que je m'en moquerais encore!... Vous ne me connaissez pas!... Je suis un homme, j'ai du sang sous la peau!... Je ne suis pas une chiffe comme ce trembleur de

Marcilly, frémissant de colère, marcha sur Ladvocat et lui saisit le bras.

— Allez-vous vous taire, à la fin!... Vous êtes donc un assassin!...

Ladvocat se dégagea d'une poussée rude, qui envoya Marcilly à terre.

— Oui, dit-il d'une voix martelée, je suis un assassin, un assassin...

Et il répétait ces syllabes avec une sorte de fureur sadique.

— Oui, un assassin... C'est bon de se venger!... J'aurais tué mes parents sur un signe d'elle... Cet amour-là m'eût rendu capable des plus grands héroïsmes comme des crimes les plus bas... Et j'aime mieux la tuer que de penser qu'elle est à un autre...

Et s'adressant à Marcilly, qui se relevait sans prestige, contusionné, il lui cria, superbe de sarcasme :

— Vous êtes peut-être très fort, monsieur le détective... Mais vous ne m'arracherez pas le secret de leur retraite... Je suis heureux, je suis vengé... Adieu, monsieur...

Un geste au bout duquel brillait quelque chose, une détonation, une chute, tout cela dans un éclair: Ladvocat venait de se faire sauter la cervelle...

XVII

EN ECOUTANT LA T. S. F.

Jeanne et Jacques vivaient à l'Ile-Roussille des heures de désespoir.

Ils avaient reconnu l'inutilité de toute rébellion.

Louis Vergelle s'avérait le plus fort.

Il voulait que Miroulier s'éloignât de l'existence de sa femme, il la poursuivait de sa jalousie posthume.

On ne lutte pas contre un mort doué du don d'ubiquité et d'une invincible puissance d'investigation.

— Il faut que je disparaisse, disait Jacques.

— Que deviendrais-je sans toi? répondait Jeanne.

— La persécution cessera. Tu reprendras goût à la vie. Tu respireras le parfum de ses fleurs, tu te réjouiras de sa lumière, tu aimeras la beauté des choses, la douceur du vent dans les feuilles, le bruit frais des sources, la volute au long cri des hirondelles, la musique, les livres, les tableaux, la mer, les fruits, les yeux purs du matin, les grandes orgues lumineuses des couchers de soleil...

— Je ne puis être où tu n'es pas. Cette exécration qui nous guette, cet acharnement de méchanceté, cela n'a fait que renforcer notre amour. Tu ne pourrais pas plus vivre loin de moi que je ne puis vivre sans toi. Et, en admettant que cette séparation soit possible, as-tu réfléchi que ton abandon laisserait le champ libre aux entreprises de Ladvocat?... Veux-tu que je devienne sa proie?...

Miroulier serrait Jeanne dans ses bras et ils pleuraient l'un contre l'autre. Une insidieuse douceur, comme une revanche de la vie sur la mort, se mêlait parfois à leurs larmes.

Puisqu'ils ne voulaient pas se séparer et puisqu'ils ne pouvaient pas lutter, il ne leur restait plus que cette ultime ressource des vaincus et des désenchantés : l'exil d'où l'on ne revient pas, la fuite éternelle, la victorieuse défaite, l'invincible délivrance, la mort.

Et ils poursuivaient de longues controverses sur cette question : l'obsession continuerait-elle, seraient-ils réunis, seraient-ils enfin tranquilles?

Jeanne estimait qu'ils pourraient enfin échapper à la poursuite de Louis Vergelle.

— D'abord, expliquait-elle, tous les avantages qu'il peut avoir sur nous seront neutralisés. Il voit tout, il sait tout, il se déplace à sa guise dans l'espace. Mais, nous aussi, nous verrons tout, nous saurons tout, nous nous déplacerons à notre guise...

— Et nous serons deux contre un, ajoutait Jacques avec une indiscutable logique.

— Et, enfin, nous ne dépendrons plus du tribunal des hommes, continuait Jeanne. Nous dépendrons du tribunal de Dieu. Je crois en un Dieu infiniment juste et bon, infiniment clément. Ce que nous avons subi jusqu'à présent, c'est peut-être une épreuve nécessaire, une punition pour la faute que nous avons commise, après laquelle nous serons parfaitement heureux... C'est notre purgatoire sur terre...

— De quelle faute veux-tu parler? demandait Jacques, dont le spiritualisme s'ornait d'une païenne indulgence pour les faiblesses du cœur.

— Je n'ai pas été fidèle...

— On ne doit pas de fidélité à celui qui nous torture, à celui qui se déshonore... Tu as été tendre et bonne, tu as répandu les trésors d'amour qui sont en toi, les dons adorables qu'un autre repoussait... Tu es sans tache... Tu n'as pas eu de haine, ni d'orgueil, ni de méchanceté... Tu n'as été que douceur et charité...

— Mais, mon cher amour, le suicide, le suicide lui-même est un crime...

— Alors, laisse-moi partir...

Elle le serrait convulsivement dans ses bras.

— Le suicide, pour nous, n'est pas un crime, puisqu'il est la seule solution possible... Nous ne demandons qu'à vivre dans la paix, et dans l'amour... On nous chasse de la vie, on nous pousse dans la mort...

Ainsi se poursuivaient leurs dialogues sur ce mode emphatique, que la gravité des circonstances peut faire excuser. Ils parlaient comme des gens qui regardent la mort en face. Le ton de leur langage se relevait sans qu'ils y prissent garde, instinctivement.

Ils arrêtèrent même les conditions, nous allions écrire la mise en scène de leur suicide.

Ils monteraient sur le haut rocher qui s'élève au nord de l'Ile-Roussille comme une proue de navire. Jeanne mettrait une robe blanche et aurait des fleurs à la ceinture. Jacques serait tout de blanc habillé. Ils s'élanceraient et ils sauteraient, de deux cents pieds de haut, dans la blanche écume, parmi le vol clair des mouettes qui éparpillerait autour d'eux un effeuillement de blancs pétales...

Ils en avaient fixé le jour et l'heure...

Comme ces condamnés de la Terreur, qui cherchaient, dans les quelques heures qui leur restaient à vivre, le dictame du meilleur bien de la vie, l'amour, Jeanne et Jacques épuisaient leurs dernières minutes dans la tendresse. Jamais amants n'avaient murmuré de plus tendres épithalames. Et le crépuscule de leur passion était pareil à une lune de miel.

Et les prestiges du plus beau des paysages, les splendeurs d'une nature lyrique et voluptueuse augmentaient un décor digne de leur amour.

Un soir — c'était la veille du jour qu'ils avaient choisi pour l'évasion suprême — un soir, serrés l'un contre l'autre, ils écoutaient le haut-parleur que le frère de Jacques avait fait installer.

On les avait régalés de musique qu'ils aimaient, puis vint un discours politique qu'ils n'entendirent pas, puis les nouvelles de Paris...

Les nouvelles de Paris!...

Comme ils se moquaient des nouvelles de Paris!..

Est-ce que cela existait, Paris!...

Un soupçon de brise leur apporta les effluves câlins et balsamiques du maquis en miniature qui embaumait l'Ile-Roussille.

Ils s'embrassèrent, tandis que le haut-parleur proclamait :

« Le boulevard des Italiens est embouteillé depuis trois jours... Mlle Hixe, de nos grands théâtres, a perdu sa fourrure au casino de Deauville... Une souscription est ouverte... Le directeur du « Contentieux international », M. Léon Ladvocat, s'est suicidé : chagrins intimes... Une enquête est prescrite... »

Jeanne et Jacques sursautèrent.

— Tu as entendu? Ladvocat...

— S'est suicidé...

— Serait-ce vrai?

— Oui... Nous sommes sauvés...

— Nous sommes sauvés!

Ils eussent dansé de joie.

Le lendemain matin, au lieu de se tuer, ils se firent conduire au Lavandou et envoyèrent cette dépêche à Marcilly : « Apprenons suicide Ladvocat par T. S. F. Pouvons-nous revenir? » Quatre heures plus tard, ils recevaient, au bureau de poste, cette réponse : « La voie est libre. Tout s'arrange. Revenez vite. »

Jeanne et Jacques retournèrent à l'Ile-Roussille, mais au cours de leur voyage de noces, ils y emmèneront Marcilly et Lucie Harvette qui se marieront en même temps qu'eux...

Dans la joie de leur délivrance, dans l'enchantement de leur résurrection, ils ont pardonné à Maria. Ils lui ont même donné les dix mille francs qui lui manquaient pour se marier...

Ils ne pensent plus à l'obsession tenace et féroce...

Mais retrouveront-ils jamais des joies aussi âpres et intenses qu'au temps où, à l'Ile-Roussille, la mystérieuse menace allongeait sur eux son ombre tragique et jalouse...

FIN

PROCHAIN OUVRAGE A PARAITRE :

LES PETITES DAMES

par P. VIGNE D'OCTON

LES PETITES DAMES

PREMIERE PARTIE

I

Ricciola est, à cinq quarts d'heures de Grenade, un petit village ceinturé de vignes, couronné d'oliviers et embaumé par la lavande de ses cerros *(serres) qui attirent, en toutes saisons, bergers et chèvres.*

Autour de sa vieille église dont la rouge toiture flamboie gaiement au soleil, ses maisonnettes se groupent serrées comme, le soir venu, les brebis autour de leur bergerie.

La clématite et la lambrusque tapissent les murs de chacune d'elles, pour réjouir les yeux du pacant; la teille antique des aïeux grimpant follement autour de sa porte, le garde des rais ardents de Messidor et lui sourit en Vendémiaire par toutes ses grappes vermeilles,

De leurs fenêtres bariolées, comme de leur chaume fleuri il s'en exhale, avec la fumée légère de l'âtre, un flot de rires et de chansons qui, d'un bout à l'autre de l'année, montent vers le ciel si pur de l'Andalousie.

Et le Rondinello, un ruisselet caillouteux, dont le flot, comme son nom, est clair et sonore, baigne les pieds de cet heureux petit village et le berce de son murmure monotone.

A l'époque où se passe cette histoire, tout y était, du reste, à l'union du paysage et l'harmonie était complète. Bêtes et gens s'entendaient fort bien, depuis l'alcalade, l'excellent Domenico Ramon, un bon gros homme dont le ventre, malgré de solides bretelles, débordait toujours le haut-de-chausse, et dont la figure épanouie ajoutait encore à la placide gaieté du lieu, jusqu'au curé, M. Mattéo de la Trida y Verdago que, depuis trente ans, tout le monde aimait et tenait en profonde vénération.

Après l'amour de son Dieu et de ses ouailles, il n'en connut jamais d'autres que celui des vieilles pierres, des vieilles monnaies, des vieux bronzes; en un mot, de ce qui touche aux âges éteints dont il étudiait l'histoire avec passion depuis plus de quarante ans.

M. l'abbé Mattéo de la Trido y Verdago était, en effet, en même temps que le plus dévoué des pasteurs, un archéologue éminent qui honorait sa patrie par ses études et par ses talents.

Son nom avait même franchi la péninsule et nul dans le monde savant n'ignorait ses remarquables recherches, Sur les antiquités ibériques, *auxquelles il s'était tout particulièrement consacré.*

Sa modestie, seule, était égale à son savoir. Maintes fois, Mgr l'archevêque de Grenade avait voulu l'appeler au chef-lieu de son diocèse, lui confier, avec les plus hautes dignités canoniques, un poste important; il avait toujours refusé, préférant rester dans sa petite cure de Ricciola, où il avait beaucoup de temps pour travailler.

Très riche et de noble famille, il avait fait deux parts égales de ses revenus; l'une, pour les pauvres de sa paroisse, l'autre pour sa vie modeste, ses fouilles et l'entretien de ses collections.

Aux nombreuses Académies et Sociétés savantes d'Europe qui, à plusieurs reprises, lui offrirent le titre, tant recherché par d'autres, de membre étranger, il répondit par les mêmes refus qu'aux propositions de son archevêque; et renonçant même à ses états de noblesse, il signait tout simplement : Abbé Mattéo, curé de Ricciola.

(A suivre.)

Paris. — Imp. Paul Dupont (Cl.).

www.ingramcontent.com/pod-product-compliance
Ingram Content Group UK Ltd.
Pitfield, Milton Keynes, MK11 3LW, UK
UKHW021029180726
13838UKWH00004B/1687